1

Art. L. 335-2. Toute édition d'écrits, de composition musicale, de dessin, de peinture ou de toute autre production imprimée ou gravée en entier ou en partie, au mépris des lois et règlements relatifs à la propriété des auteurs, est une contrefaçon ; et toute contrefaçon est un délit.

La contrefaçon en France d'ouvrages publiés en France ou à l'étranger est punie de trois ans d'emprisonnement et de 300 000 € d'amende (*).

Seront punis des mêmes peines le débit, l'exportation et l'importation des ouvrages contrefaits.

Lorsque les délits prévus par le présent article ont été commis en bande organisée, les peines sont portées à cinq ans d'emprisonnement et à 500 000 euros d'amende.

(*) L'aggravation des peines a été introduite par la loi n° 2004-204 du 9 mars 2004, JO 10 mars 2004.

La Dernière Déesse.

A mon épouse et à mes enfants.

Une nuit étoilée

Le calme régnait dans la montagne en cette belle nuit étoilée d'été. Le théâtre improvisé de la forêt invitait messieurs les grillons à nous offrir leur concert tout en étant confortés par le hululement de dame hulotte. Quant au vent, celui-ci jouait discrètement avec les harpes cachées des sapins. Tout au loin, une lumière se faufila créant à travers les bois des zébrures lumineuses. Après quelques instants, ces lumières trainèrent derrière elles un vrombissement grandissant faisant taire à son passage le concert nocturne de la nature. Cette source de capharnaüm n'était autre que la vieille Opel Signum du Professeur Zelmun. Au volant, un colosse de belle allure ne quittait pas la route des yeux. Ce chauffeur n'était autre que Josh Mc Land.

— Alors Josh ! s'exclama le professeur, tu as encore fait dès tiennes dans cette soirée. Nous sommes à la veille de cinq semaines de vacances et…

— Que voulez-vous dire professeur ? Interrompit le conducteur.

— Tu n'as pas cessé d'afficher un visage ennuyé toute la soirée.

— Je vous ai accompagné à cette soirée mondaine pour vous faire plaisir, vous savez que je déteste ces aristocrates prétentieux et fades que sont la famille Dulieu. Leur étalage de richesses, de la piscine au manoir quinze pièces et l'argenterie « époque Louis XVI » ne m'impressionne pas.

— Peut-être Josh, mais tu aurais pu faire un effort, tu n'as adressé la parole pratiquement à personne. Cette soirée a été donnée en ton honneur pour ta belle victoire aux Jeux olympiques de Londres.

— Auriez-vous préféré que je quitte la table et m'en aille comme un goujat ? De toute manière…

Le cri du professeur Zelmun trancha la phrase de Josh.

— Attention Josh, là devant toi !

Devant les phares, une silhouette grande et mince passa devant la voiture courant après une femme nue à l'air apeuré. Josh freina brusquement et seuls ses talents de pilote empêchèrent la Signum de faire une embardée.

— Bon sang ! s'écria le professeur

— as-tu vu son visage ?

— Oui, répondit Josh et il enchaîna :

— Il portait un masque d'animal.

Soudain, la nuit fut transpercée par un cri strident. Avant même que prof ne réagisse, Josh avait bondi de la voiture et se dirigeait en direction du cri.

— Josh, où vas-tu ? Reste là ! clama Zelmun.

Trop tard, le géant traversait à grands pas la pinède. Après quelques poignées de secondes, sa course s'arrêta. Josh aperçut une lueur devant lui.

Il se faufila tel un félin entre les feuillages d'un buisson. Il ne put en croire ses yeux. Un spectacle hallucinant se déroulait devant lui.

Une dizaine de personnes, toutes masquées, étaient réunies autour d'un brasier. Ces gens formaient un grand cercle autour d'une table où se trouvait la femme nue. Celle-ci était attachée. La victime se débattait et la lueur des flammes couvrant son corps accentuait la bizarrerie de la scène. L'homme qui était à l'origine de la présence de Josh, se tenait debout, droit comme un « I ». Notre héros put cette fois-ci détailler son masque. Un faciès d'animal où plus précisément une tête de Bouc déformée frisant l'horreur. L'homme masqué leva son bras au dessus de la femme et le reflet des flammes fit scintiller le tranchant d'une lame. L'homme abattit son bras. Josh, tel un tigre, fit un bond et bouscula celui qui semblait diriger cette mascarade.

Avec une vivacité incroyable, notre héros, détacha la pauvre femme et celle-ci sembla pétrifiée.

— Allez-vous-en ! hurla-t-elle.

Quelle ne fut pas sa stupeur ! La femme lui cracha au visage et se mit à l'insulter. Ce fut le signal d'assaut, la troupe d'illuminés se jeta sur Josh. Dix personnes lui tombèrent dessus, mais ceux-ci n'avaient pas tenu compte du mètre 87 de notre homme et de ses 100 kilos de muscles. De plus, Josh était aguerri aux arts martiaux ce qui le rendait aussi tranchant qu'une arme. Le premier assaillant essaya de l'assommer avec un gourdin. Grand mal lui en prit. Josh saisit son poignet et le brisa en une clé dévastatrice. L'homme se tordit de douleur et s'évanouit. Un autre arriva derrière notre homme avec un couteau, là non plus, Josh ne fit pas de cadeau, d'un coup de pied latéral, il lui percuta le menton. L'adversaire fit un salto arrière tout en dessinant un croissant de lune à la lueur des flammes. Soudain, un cri retentit, pétrifiant tous les belligérants.

— Qui te permet étranger ? vociféra celui qui semblait ressembler à un sorcier.

— Comment oses-tu interrompre cette cérémonie ?

Josh allait se ruer sur l'homme quand celui-ci leva la main et d'un éclair noir, le foudroya. Tel un sac de paille, notre ami s'écroula en étouffant un gémissement. Le sorcier siffla et toutes les personnes se dispersèrent en un instant. Le professeur avait essayé de suivre Josh mais sans résultat, hélas ! Ses jambes de cinquantenaire passé ne lui permettaient pas de grandes performances. Cependant, il avait aperçu également la lueur d'un feu et il s'y dirigea à grands pas. À quelques mètres de l'endroit, le professeur entendit un homme s'exclamer puis un bruit sourd suivi après quelques instants d'un sifflement et d'une lueur bizarre. Il s'approcha doucement. Là, il vit Josh gisant à terre. Un homme se tenait au-dessus de lui. Il enleva son masque et là, Siegfried Zelmun aperçut le visage le plus froid et cruel qu'il n'eut jamais vu de toute son existence. Le sorcier se détourna et disparut dans la pénombre des bois. Josh resta là, inerte, à même le sol. Seuls, le silence et la lueur des flammes l'entouraient. Le professeur s'approcha et parlant à voix basse.

— Josh, mon garçon, relève toi. Josh, Josh…

Josh ne réagissait toujours pas. Prof reprit :

— Josh, s'il te plait. Lève-toi ! S'il te plait.

Les mots furent emportés dans un sanglot. Josh ouvrit les yeux et se releva, il bredouilla :

— Le sorcier, le sorcier… ah…
Il se tenait la tête et gémissait.

— Appuie-toi sur moi, mon fils.

Bien que Josh ne fût pas le fils du professeur, ce dernier le considérait comme tel. La lueur des flammes donnait naissance à un tableau pathétique. Un vieil homme, chétif et de petite taille, s'efforçait de faire marcher un colosse. Tant bien que mal, ils arrivèrent à la voiture. Prof réussit à allonger Josh sur la banquette arrière. Siegfried se mit au volant et le bolide démarra en trombe en direction du manoir. Le professeur fixait la route, pour tout accompagnement le bruit sourd du vieux V6 et les gémissements de Josh à l'arrière de la banquette. Zelmun discernait avec peine la route, tout était embué mais en fait, c'était ses larmes qui rendaient la conduite difficile. Qu'il était loin le temps de sa rencontre avec Josh !

****

À cette époque, prof. venait de rentrer d'Amazonie. Il avait passé sept mois à étudier de nouveaux biotopes sur le sommet des arbres de la forêt amazonienne. Comme d'habitude, il était heureux de retrouver son vieux manoir situé dans la région de Royan en Charente. Comme à l'accoutumée, il allait être accueilli par Alfred et Marthe, amis de longue date et devenus au fil du temps, les intendants de la vieille bâtisse. En franchissant la porte, Siegfried posa ses affaires et allait lancer une plaisanterie à Alfred quand il aperçut le visage déconfit de ce dernier. Martha était derrière, les yeux rougis par les pleurs.

— Que se passe-t-il ? demanda Zelmun.

Alfred prit son courage à deux mains et lui annonça la terrible nouvelle.

— Michel et Clara Mc Land ont trouvé la mort dans un accident de voiture.

La nouvelle le poignarda en plein cœur. Sous le choc Siegfried avait senti ses jambes se dérober, il se rattrapa de justesse à la commode de l'entrée. Le visage livide, il se dirigea dans le salon et s'assit dans son fauteuil. Il resta l'esprit vide et ne prononça aucun mot durant cinq minutes. Des mains invisibles étreignaient son cœur et sa gorge. Michel avait été comme un frère pour lui. Il l'avait connu à l'école primaire. Bien sûr chacun avait poursuivi son chemin et malgré les kilomètres les séparant, le lien fraternel n'avait jamais pu être rompu. À un tel point qu'il était devenu le parrain de son fils Josh. Quant à

Clara, elle symbolisait la gentillesse et la beauté. Tous deux formaient un couple parfait, et les années n'avaient jamais entamé l'amour qu'ils se portaient l'un à l'autre. Et là, d'un seul coup, comme un vase en cristal que l'on brise, tout était parti en éclats. Mon Dieu, le petit Josh ! pensa Zelmun.

— Alfred, Josh…

— Il n'a rien Siegfried, quelques égratignures et commotions.

— Tu as eu cette foutue nouvelle quand ? Hier soir à 23 h. La gendarmerie nous a téléphoné, à défaut de famille et ayant trouvé ton adresse dans le portefeuille de Michel, les gendarmes nous ont appelés. Plus précisément l'officier s'occupant de l'affaire. Nous avons prévenu le capitaine Lopez que tu rentrais ce matin et que dès ton retour nous nous mettrons en chemin. Alfred hésita et après un soupir :

— Siegfried, cela fait trois semaines que cela est arrivé. Le gamin sous le choc a été éjecté de la voiture. C'est sans doute cela qui lui a sauvé la vie.

— Que dis-tu trois semaines ! s'écria le prof. Mais comment ?

— En fait sous la violence du choc la voiture a été précipitée en bas d'une falaise et a été ensevelie sous les flots. Cela s'est passé du côté de la Mer d'Iroise, en Bretagne. Les gendarmes ont eu du mal à retrouver l'identité de Michel et Clara. Tu sais bien qu'ils n'avaient pas de famille. En attendant de trouver quelques familles des défunts, la DASS a décidé qu'il valait mieux mettre Josh dans un orphelinat.

— Dans un orphelinat ! s'écria Prof, outré.

— Le capitaine Lopez, nous donnera plus de détails. Nous devons prendre contact avec lui dès notre arrivée à Brest.

— Ne perdons pas de temps Alfred, nous partons de suite, nous pouvons y être dans la soirée. En route !

En moins de temps qu'il aurait fallu, le professeur, Alfred et Marthe s'engouffrèrent dans la grosse berline noire. Le monstre démarra en direction de la grande ville bretonne. Cinq heures avaient passé, il était 19 h quand ils croisèrent le panneau indiquant « Bienvenue à Brest. Pendant le trajet, Siegfried avait prévenu le capitaine de gendarmerie de leur arrivée à cette heure-ci. Ce dernier leur avait indiqué qu'il les recevrait même tardivement. Ils prirent la direction de la gendarmerie ou plus exactement de la demeure de l'officier. Le « vous êtes arrivés à destination » lancé par le GPS de bord tira Marthe de son assoupissement. Prof sortit le premier du véhicule, il ouvrit par galanterie la porte à Marthe et sans attendre il se dirigea vers l'entrée de la maison. Marthe et Alfred le rejoignirent. Là, le capitaine Lopez les accueillit. C'était un homme d'environ 1m70 assez fort. Ses yeux étaient petits et non dénués de malice. Mais la caractéristique la plus surprenante était l'énorme cou du gendarme. Le militaire avait ses mains sur ses hanches et faisait penser à un taureau prêt à charger. Ce n'était qu'une apparence, car sa voix et la tonalité des paroles contrastaient étonnement avec sa silhouette.

— Professeur Zelmun, je présume ?

— Lui-même ! répondit Siegfried.

Le capitaine les invita à entrer dans sa maison. Il les conduisit dans son bureau. Une pièce des plus classiques.

— Veuillez prendre place, proposa-t-il aux visiteurs et le dialogue s'engagea :

— J'aurais préféré que nous fassions connaissance dans d'autres circonstances, déclara le capitaine.

— Tout d'abord, je tiens à vous présenter mes condoléances.

— Je vous remercie, coupa Siegfried, mais venons-en aux faits. Que s'est-il passé ?

Le gendarme reprit :

— Bien voilà, d'après les relevés sur le terrain et le témoignage d'un intervenant, nous avons pu déduire ceci. L'accident s'est produit au nord du Phare de St Mathieu sur la départementale D85. Apparemment, le couple s'apprêtait à rejoindre la ville de Plougonvelin. Il séjournait au Grand Hôtel. D'après les traces de freinage, il semblerait que M. Mc Land ait essayé d'éviter un véhicule venant en contre sens. La malchance a voulu que ce soit à l'endroit où la route se trouve au plus prés d'une petite falaise. Votre ami a dû perdre le contrôle de sa voiture et celle-ci a fini en contrebas dans la Mer d'Iroise.

— Avez-vous retrouvé l'assassin ? questionna Alfred.

— Non hélas ! Nous avons bien un témoignage de la personne demeurant à proximité de l'endroit. Il s'agissait d'une camionnette de couleur blanche. Le véhicule était trop loin. Il n'a pu relever la plaque d'immatriculation. Cette personne se nomme Monsieur Wolhuter Hubert et il est retraité. D'ailleurs grâce à son intervention, nous avons pu retrouver le petit. Heureusement, l'homme avait un téléphone portable et après avoir vu la scène, il nous a immédiatement prévenus. Nous nous sommes rendus sur les lieux au plus vite. Vu le peu de passage sur cette petite route, nous aurions pu retrouver l'enfant trop tard.

— Où sont les corps de Michel et Clara ? Comment doit-on faire pour les obsèques ?

— L'enterrement a déjà eu lieu, l'entreprise de votre ami s'est occupée de la cérémonie. Ils ont été enterrés au Cimetière de Brest. Je vous y conduirai demain si vous le désirez.

Prof se prit la tête dans ses mains et poussa un grand soupir.
Il sécha une larme et se reprit.

— Comment va le gamin ?

— Par miracle il n'a été que sonné par contre il a du mal à réaliser le décès de ses parents.

Siegfried soupira et enchaina.

— Comment va le gamin?

— Par miracle, il n'a été que sonné, par contre il a du mal à réaliser le décès de ses parents.

Siegfried soupira et enchaina :

— Apparemment, Josh est dans un orphelinat. Pourquoi ? Dit-il sèchement à l'adresse du conteur.

— Professeur nous avons eu connaissance de votre existence que depuis peu. Sans proches, sans famille, dans ces circonstances tragiques, il faut bien prendre des décisions. La direction des affaires sanitaires et sociales (Dass).a fait ce qui est prévu à cet effet.

L'orphelinat **St Marie** est très réputé dans la région. Avez-vous pris une décision à propos de l'enfant ?

— Comment cela si j'ai pris une décision ? Zelmun se leva de son fauteuil.

— Mais bien sûr que j'ai pris une décision je vais récupérer Josh et il va rentrer avec moi.

— Bien que je comprenne votre empressement, gardez votre calme Professeur. Votre ami, Alfred, m'a dit que vous étiez le parrain de Josh et en finalité, sa seule famille. J'ai téléphoné à mon ami, le juge, qui s'occupe de cette affaire. Il ne voit aucun inconvénient à cela. D'ailleurs, nous avons rendez-vous à neuf heures avec le directeur de l'établissement.

— Je vous prie de m'excuser pour mon emportement, Capitaine, mais je vous prie de croire que j'ai vraiment du mal à réaliser la tournure prise par les évènements. Je vous remercie encore de votre accueil. Nous allons prendre congé, nous devons encore trouver où dormir ce soir.

— De rien Professeur. Au bout de la rue principale, il y a un petit hôtel sympathique. Il se nomme « Hôtel de la destinée », leurs regards se croisèrent. Je sais, mais cela ne s'invente pas. Je vais les prévenir de votre venue. Quant à nous, nous nous retrouvons demain matin, ici.

L'officier les raccompagna à la voiture et ils se quittèrent.

Les évènements tragiques empêchèrent le professeur de dormir. Le lendemain arriva, ce fut le moment de sa rencontre avec Josh.

Siegfried n'oubliera jamais ce moment.

Après avoir rempli tous les formulaires nécessaires autorisant la sortie de l'enfant de l'établissement, le directeur fit mander le petit Mc Land.

Prof attendait dans un couloir interminable de type roman, tel que l'on peut en voir dans certaines abbayes. Le plafond était simple et formait des arches en pierre. Deux silhouettes apparurent. Une femme et un enfant. Le garçon marchait la tête baissée et trainait les pieds. Il portait un bermuda beige et une veste bleue. Sur cette dernière au niveau sa pochette trônait un écusson dessinant un blason rouge surmonté d'une couronne couleur or.

La jeune femme était d'allure élégante, mince, ses cheveux longs étaient attachés, ce qui malgré son joli visage lui donnait un air sévère. Elle était habillée d'un tailleur gris et portait des chaussures à talons. Josh semblait minuscule dans ce corridor.

Les pas de l'accompagnatrice martelaient le carrelage et les pieds traînants du garçon faisaient écho.

Zelmun alla au-devant.

— Josh ! Lança-t-il.

Le gamin ne réagissait pas, il continuait à avancer machinalement.

— Josh ! répéta l'homme mûr.
L'enfant n'avait pas plus de réactions.

Siegfried arriva à sa hauteur, il salua la jeune femme et s'agenouilla au-devant du petit d'homme au visage baissé.

— Josh, mon garçon, c'est tonton Zigui.
Lui dit-il tendrement tout en mettant son index sous le menton du gamin pour relever celui-ci.

Son visage apparut.

Ses cheveux châtain foncé accentuaient la pâleur de son visage. Ce dernier était fin et joli à regarder. Ses yeux couleur vert bouteille donnaient un trait de candeur à sa figure.

Le petit Mc Land planta ses yeux dans celui de Prof.

— Tonton…, Papa, Maman. Ils ne sont plus là.

Deux larmes immenses roulèrent de ses jolis yeux.
Suivies d'un grand sanglot.

— Papa, Maman ils ne sont plus là, répéta-t-il. Pourquoi Tonton, pourquoi mon tonton ?

L'enfant mit ses bras menus autour du cou de Siegfried et pleura à chaudes larmes.

Le professeur fut envahi par un sentiment de désarroi et d'impuissance et ses larmes se joignirent à celles du petit.

La menace

La mise en route automatique des essuie-glaces de la vieille limousine tira le professeur de ses souvenirs funestes et le ramenèrent à la réalité. Les faisceaux lumineux de la voiture balayaient la route tortueuse qui menait au manoir. La pluie ne faisait rien pour arranger les choses et rajoutait un sentiment dramatique à la situation. L'horloge de bord affichait « 01:15 » Zelmun roulait maintenant depuis quarante minutes.

De temps à autre Siegfried surveillait Josh. Tantôt par l'intermédiaire du rétroviseur, tantôt en se retournant. Son filleul était recroquevillé en position fœtal et soupirait en gémissant faiblement.

Depuis qu'il connaissait Josh, le Prof ne l'avait jamais vu dans un tel état de faiblesse.

De nombreuses fois, pour aller chez lui, l'homme de science avait emprunté cette voie, mais jamais elle ne lui avait paru aussi interminable.

Après quelques virages et accélérations, la grille du petit château apparut.

Prof, actionna la télécommande et l'ouvrage en fer forgé s'ouvrit lentement.

— Plus vite. Pesta-t-il.

Soudain, il se souvint que Martha et Alfred n'étaient pas là.

— Mais ce n'est pas vrai, mais c'est vraiment la journée. Dit-il à voix basse.

Il arrêta la Signum devant la grande porte d'entrée. Il sortit précipitamment sous la pluie, ouvrit les lourds ventaux en chêne.

Avec grandes difficultés, il réussit à extirper Josh de l'arrière de la voiture. Il passa sa tête sous l'épaule du géant et le soutint telle une béquille humaine.

Petit à petit, ils réussirent à gagner le salon.

Là, Prof, le fit glisser tant bien que mal sur le grand canapé en cuir. Il l'aurait bien emmené dans sa chambre, mais c'était au-dessus de ses forces. Jamais, il n'aurait pu emprunter le grand escalier avec son fils adoptif sur le dos.

Zelmun se précipita dans son cabinet, prit sa sacoche et s'activa.

Il ne comprenait pas, tout était correct, le pouls, la tension, les globes oculaires. Aucune fièvre, aucune blessure. Si Prof ne connaissait pas Josh, il accuserait ce dernier de simulateur.

Hélas ! Il n'en était rien. Le jeune homme gisait là et seuls les gémissements faisaient preuves de vie.

Une heure passa, rien n'y faisait et Prof s'avoua vaincu.

Que pouvait-il faire de plus ? Sa médecine traditionnelle et sa science d'herboriste n'avaient aucun effet sur le patient.

Prof se dirigea lentement vers le téléphone et fit un numéro.

Au bout de six sonneries, l'appel aboutit.

— Daniel c'est moi. Ses mots tombèrent sans formule de politesse.

L'interlocuteur marqua un silence puis déclara :

— Siegfried, bon sang, c'est toi ?
— Oui, répondit-il d'une manière laconique.
— Tu-sais quelle heure il est ?
— Oui, oui, je sais quelle heure il est, s'énerva-t-il ?
Si je t'appelle, c'est pour te demander de l'aide. S'il te plait, garde-moi de tes sarcasmes. C'est pour Josh.

Le correspondant coupa court sans poser de question.

— J'arrive !

Prof ne quittait pas des yeux la grande horloge franc-comtoise que Martha, Alfred et son protégé lui avaient offerte pour ses cinquante-cinq ans.
Le tic-tac de la sonneuse semblait répondre aux gémissements de Josh. La demoiselle en acajou semblait compter les secondes qui passaient simplement pour rappeler à Prof l'importance de chaque instant de vie. Presque une heure s'était écoulée depuis l'appel, cela lui sembla interminable.

Il avait pris la main de Josh, comme un père inquiet. Il posa tendrement son autre main sur le front frais de son fils adoptif. Formula une prière du bout des lèvres.

— Mon Dieu, s'il te plait ne me l'enlève pas. Il est le fils que je n'ai jamais pu avoir. Sa voix s'étouffa et un sanglot sourd la recouvrit.
Le carillon de la porte d'entrée résonna. Siegfried fit un bond tel un diablotin sortant de sa boîte.

— Enfin Daniel ! Pensa-t-il.

Il se précipita vers l'entrée et ouvrit la lourde porte.
Un homme se tenait devant le seuil.

— Mais quel foutu temps ! S'exclama-t-il tout en
enlevant son imperméable trempé.
Le Prof et l'étranger s'embrassèrent.
Daniel n'était autre que le frère du possesseur du manoir.

Il se nommait Daniel Zelmun, avait la quarantaine jeune.
C'était un homme de taille moyenne, cheveux noirs
grisonnants.

Son regard était noir et perçant. Il était habillé
simplement, mais élégamment. Une veste beige en lin,
une chemise bleu ciel, le tout assorti avec un pantalon du
mêmes tissu et de même couleur que la veste.

— Bon sang que se passe-t-il, Siegfried ?

— Suis-moi! lui répondit-il simplement son ainé.

Ils traversèrent le couloir où une armure ayant appartenu
à un chevalier de Malte du 16ème siècle montait la garde.
Le jeu de lumière reflété par les appliques murales lui
donnait un air vivant et menaçant. Les deux hommes
passèrent en silence devant la statue de métal et entrèrent
dans le grand salon.

— Mon Dieu ! s'écria Daniel en apercevant Josh, le
visage blême, étendu sur le canapé en cuir.

Il se précipita vers lui.

— Dis-moi exactement ce qui lui est arrivé, Siegfried.

En quelques phrases, Prof lui raconta ce qui s'était passé. L'homme au masque, la cérémonie, le bruit, la lueur et la découverte de Josh gisant sur le sol.

— Vous avez tout simplement interrompu une messe noire ! rétorqua Daniel.

— Je t'en prie Daniel, ne commence pas avec tes sornettes.

— Des sornettes, dis-tu ! Et Josh là devant toi c'est une sornette ?

Dans ton domaine, mon frère, tu es reconnu. Botaniste, professeur en médecine, maître de conférences un peu partout dans le monde, etc.

Très bien ! Mais tu oublies une chose, même si pour toi ce sont des fadaises, moi je suis reconnu en tant qu'expert en ésotérisme.

Et si cette matière est absurde, pourquoi m'as-tu appelé ?

Tu veux la réponse, Siegfried ? Daniel s'emportait.

Simplement parce que ta science a atteint ses limites.

Alors maintenant quoique tu puisses penser, tu vas faire exactement ce que je vais te dire sans sourciller. Je ne sais pas si cela va fonctionner, mais il en va de la vie de Josh.

Ne perdons pas de temps, je cherche ma sacoche dans ma voiture.

En attendant, cherche-moi des récipients, genre bols et des chandeliers et du sel.

Au bout de quelques secondes, Daniel était de retour avec son sac.

— Bon, aide-moi à enlever le tapis et à pousser la table basse vers le mur.
Il nous faut de la place.
Je prends Josh par les bras, toi, saisis-lui les pieds. Nous allons le placer au centre de la pièce. As-tu les bols et les chandeliers ?

— Oui, oui, tiens ! répondit l'ancien.

Daniel sortit une bouteille en verre de sa sacoche et emplit de liquide les cinq bols. Dans la foulée, il traça sur le sol, à l'aide d'un morceau de craie blanche, un symbole.

Ce dessin était une étoile à cinq branches entourée d'un cercle créé à l'aide des cristaux salins.
Elle ressemblait à celle arborait par les rangers du far-west. Josh était au centre de cette figure.

— Que fais-tu Daniel ?

— Je dessine un pentacle à cinq branches frérot.
Maintenant, Siegfried, prends les chandeliers et place les à chaque pointe et allume-les.

Au même moment, le plus jeune Zelmun prit les bols et les posa de pair avec les bougies.

— Qu'as-tu mis dans les bols ?questionna le professeur.

— De l'eau bénite ! De l'eau bénite ! Rétorqua Daniel tout en s'activant.

La scène était ahurissante, au milieu d'une grande pièce était couché un jeune homme inerte.
Celui-ci était à moitié nu. Ses muscles saillants le faisaient ressembler à une statue de la Grèce antique.
Le gisant était le centre d'un dessin à la craie en forme d'étoile à cinq branches.
La pointe de ces dernières était couronnée par un bol d'eau bénite suivi d'un chandelier surmonté d'une bougie blanche allumée.

Deux hommes s'affairaient autour du pentacle.

Siegfried se tenait debout ainsi que son frère. Le professeur avait les mains jointes, et Daniel récitait des prières en latin issues d'un vieux grimoire recouvert d'une épaisse reliure en cuir.

La cérémonie se déroulait depuis une bonne heure, le balancier de l'horloge battait la mesure en émettant un tic-tac particulier. Seules les incantations du maître en ésotérisme faisaient écho.

Soudain l'horloge se tut, suivie de l'extinction des lumières du manoir.
Sans la lueur des bougies, les trois hommes se seraient trouvés dans une pénombre totale.

Daniel ne se laissait pas décontenancer, et il continuait ses prières, imperturbable.

Seul Siegfried était inquiet. Sur les murs, la clarté des chandelles projetait les ombres des intervenants. Ceci prenait l'allure de danses macabres entourant nos héros.

La pièce était plongée dans un silence oppressant, la tension était presque palpable.

Soudain un « bonsoir » s'éleva dans le salon.
Daniel et Siegfried sursautèrent.

Un homme de grande taille au visage triangulaire et aux pommettes saillantes se tenait à la porte du salon. Son imperméable accentuait son allure d'oiseau de proie.
Siegfried n'en croyait pas ses yeux. Il reconnaissait cet individu. Le personnage qui se trouvait face à eux n'était autre que le sorcier à l'origine de la torpeur de Josh.

— Qui êtes-vous et que faites-vous ici ? Hurla Siegfried. Daniel, tu aurais pu verrouiller la porte d'entrée !

— Je l'ai fait. Répondit calmement l'interpellé, tout en continuant à prier.

L'homme affichait un rictus et avait l'air de s'amuser de la situation.

— Eh bien ! Voyez-vous cela ! ricana-t-il.
Un pentacle à cinq branches, pas mal pour de petits amateurs. Même le sel y est. Bravo !

Ses petits yeux cruels fixaient les deux frères.

— Au fait, Siegfried et Daniel Zelmun, la porte était bien verrouillée. Ironisa l'étranger.

— Comment connaissez-vous nos noms ? demanda le professeur.

— Je connais tellement de choses. Répondit-il d'un air hautain tout en continuant son laïus.
Pour répondre à votre question, au fil de mes vies, je fus affublé de différents noms, mais je me nomme Baal.
Première réponse !
Il ponctua sa phrase d'un silence.

— Que fais-je ici ? Je viens réclamer la vie qui m'est due. Celle de votre protégé. Ce jeune impudent qui a osé interrompre ma messe m'empêchant de finir mon sacrifice. Il est normal qu'il devienne le sacrifié.
Qu'en pensez-vous ? Il ricana.

— Allez ! Arrêtons de jouer !
L'homme prononça des incantations incompréhensibles et aussitôt la lueur des bougies faiblit.

Daniel éleva la voix pour couvrir les paroles de l'inconnu, mais rien n'y faisait. Le frère de Siegfried sentait qu'il perdait pied.
L'homme à l'allure de rapace affichait un visage narquois et sûr de lui.
La pénombre gagnait l'ensemble du salon et allait l'ensevelir.

Soudain Josh hurla un mot :

— Astrée !

Une lumière sortie de nulle part, éclaira la pièce.

Siegfried regardait la scène incroyable qui s'offrait à lui.

Dans la partie éclairée du pentacle se tenait son frère debout. Celui-ci hurlait des prières en latin. De l'autre, dans l'obscurité se tenait le sorcier.
L'horrible personnage vomissait des incantations à une vitesse défiant l'imagination.
La lumière et les ténèbres semblaient s'affronter. Tantôt la lumière gagnait du terrain, tantôt l'obscurité faisait fléchir la clarté.
Un hurlement retentit. Josh se tenait au milieu du pentacle, la sueur perlait sur son corps. Ce dernier se convulsait de soubresauts. À nouveau il fit entendre sa voix.

— Astraéééé !

La lumière prit une clarté aveuglante. Le mage maléfique vacilla et les ténèbres perdirent de leurs puissances.

— Siegfried ! s'écria Daniel. Prends les bols et balance l'eau bénite sur le sorcier ! Aussitôt, Prof obtempéra.

Jamais il n'aurait pu imaginer qu'il pouvait encore se mouvoir aussi rapidement. En moins de temps qu'il faut pour le dire, l'homme au visage triangulaire était aspergé par l'élixir béni.
Ce qui s'en suivit était incompréhensible.

Le suppôt du mal se mit à hurler de douleur.

Le liquide semblait avoir les propriétés de l'acide sulfurique.

Brulées, la peau de ses mains et celle de son visage laissaient échapper une fumée blanche.

Une odeur âcre et nauséabonde s'en dégageait.

L'homme recula, puis tel un démon, fit un bond surhumain à travers la fenêtre du salon et disparut en emportant quelques débris du double vitrage.

Au même moment, le courant se rétablit et la lumière fût.

Daniel tituba et posa un genou à terre, son visage était défait.

Son regard était empli d'une grande fatigue. Josh se releva péniblement. Prof se précipita vers lui et l'aida à retrouver le divan.

Après avoir allongé le jeune homme, il courra vers son frère.

— Daniel ! Daniel ! cria-t-il.

— Ça va frérot, mais je ne suis pas sourd. Répliqua le cadet.

— On a gagné mon frère, on a gagné !

— Ne te réjouis pas Siegfried. Nous avons gagné une bataille, c'est vrai, mais je pressens des évènements plus sinistres à l'horizon.

Mais nous en discuterons plus tard.

Occupons-nous de Josh, pour ce soir tout est fini.

Daniel ne savait pas à quel point son pressentiment allait se vérifier dans un futur proche.

Le lendemain

Tout était calme dans la demeure, le craquement de quelques vieux meubles de ci de là, saccadait le silence de la chambre de Josh.

Celle-ci était de bonnes dimensions avec un plafond à l'ancienne, très haut.
Une lourde cheminée en marbre soutenait un immense miroir d'époque Louis XVI.
Une volumineuse armoire en noyer trônait en face du lit.
Un second miroir ornait la porte de l'antiquité.
Quelques rayons de soleil ricochèrent sur ce dernier et allèrent taquiner le visage de Josh.
Le chant des merles se mit de concert et Josh ouvrit les yeux.
Notre héros avait l'esprit embué.
Il ne buvait pas d'alcool, mais il supposa que cela devait être ainsi au lendemain d'une soirée un peu trop arrosée.

Lentement, il repoussa le drap et se leva. Il avait l'impression d'être passé sous un rouleau compresseur. Chaque muscle lui était douloureux. Il avança vers sa robe de chambre tout en passant devant le miroir de l'armoire.
Le reflet de ce dernier renvoyait l'image d'un homme de grande taille. Sa musculature était impressionnante sans être hypertrophiée tels les bodybuilders des années 80. Josh se passa la main dans ses cheveux châtain-clair. Ce geste fit gonfler son biceps et accentuer la puissance de son corps. Il croisa son regard, celui-ci était vert changeant. A l'opposé de son corps d'où émanait une force colossale, son regard tendait à la douceur et à la gentillesse.

Il sortit de la chambre et prit la direction du grand escalier permettant d'accéder au rez-de-chaussée. Bien que cette demeure fût immense, elle n'en paraissait pas moins chaleureuse et agréable.

Arrivé en bas, Josh prit la direction de la cuisine.
Il alluma la machine à expresso. Au bout de quelques minutes, le chant de la vapeur lui indiquait que le robot était prêt à libérer son élixir réconfortant.

Le silence régnait toujours à l'intérieur de la bâtisse. Notre homme prit la tasse chaude, traversa la cuisine, ouvrit la porte-fenêtre et alla s'asseoir sur le banc de la terrasse.
Son esprit était vide, il appréciait simplement son café et ne pensait à rien.
Les passereaux chantaient leur hymne en l'honneur de cette belle journée ensoleillée qui s'annonçait.
Le soleil s'étirant au ras des arbres, indiquait que l'heure était matinale.

Josh regardait le petit parc qui juxtaposait le manoir. Celui-ci se composait en deux parties. La première comportait une allée centrale ayant pour haie d'honneur, une multitude de fleurs aux couleurs vives entourées de gazon et en second plan, un petit bois ombragé.
Une fontaine ancienne s'élevait à la frontière.
Celle-ci comprenait une vasque circulaire sculptée de divers plants floraux. Sur le dessus, une statue d'une femme magnifique aux longs cheveux se tenait debout. À ses pieds, de petits chérubins lui déposaient de belles grappes de raisin.

La femme paraissait drapée et son front était orné d'un bijou.

Ce dernier ressemblait à l'étoile des quatre vents.

La statue étendait un bras vers le ciel et de l'autre tenait une corne d'abondance. Celle-ci était positionnée sur son épaule gauche, une eau de source potable en sortait.

D'après l'historique du site, cette fontaine aurait daté de la période gallo-romaine. De par son état de conservation, cela paraissait impossible, seul le visage semblait avoir souffert du temps.

Au-delà de l'ouvrage de pierre blanche, le contraste de lumière et d'ombre était agréable.

Josh aimait cet endroit. Souvent, il s'y promenait quand le besoin de calme et de solitude se faisait sentir.

Il adorait entendre le chant des oiseaux mélangé au bruit doux de la fontaine délivrant son eau fraîche. Quant au bois, il n'y paraissait pas, mais il était plus important que l'on pouvait le croire.

Le manoir avait six cents mètres carrés au sol et ses terres comprenaient trois hectares, parsemés de chênes, de hêtres et d'autres feuillus. Certains arbres étaient plus que centenaires.

Après ces derniers évènements sinistres, cet endroit bucolique permettait à Josh de puiser une certaine paix de l'esprit et un calme imperturbable.

Josh sentit une main sur son épaule, il se retourna et aperçu Prof. Le jeune homme ne s'était pas aperçu de la présence de son mentor.

— Ça va mon fils ?

— Oui, ça va, mon oncle.

Siegfried savait que son protégé avait été éprouvé.

— Quel jour sommes-nous ? Demanda l'athlète.

— Dimanche. Répondit Zelmun.

— Dimanche ? Répliqua Josh étonné.

— Oui ! Tu as dormi près de 48 heures. Ton oncle Daniel est là. À tour de rôle, nous t'avons surveillé. Te souviens-tu de ce qui s'est passé Josh ?

— Pas vraiment ! Je me rappelle d'un attroupement autour d'un feu, d'une femme nue attachée, d'un homme avec un masque de bouc.
Tout me semble confus. Cet éclair noir jaillissant de sa main droite, suivi une douleur horrible dans tout mon corps. Après quelques instants, je sombrais dans un cauchemar épouvantable.
J'étais dans un endroit glauque, sombre. Des créatures à faire frémir le plus valeureux des hommes. Ces choses m'agrippaient et voulaient m'attirer à tout prix dans les ténèbres. Je me débattais tant bien que mal.
Rien n'y faisait ; petit à petit ils prenaient le dessus. Le moment le plus terrible a été quand l'homme au masque de bouc apparut.
Là, les forces maléfiques se sont déchaînées. J'avais l'impression que j'allais être écartelé. Soudain, elle fit son apparition.
Elle était belle !

Josh avait le regard fixé au loin et pourtant Prof avait l'impression qu'il décrivait une personne présente.

— Prof, si tu l'avais vu. L'obscurité s'est inclinée à sa venue. Elle était drapée dans une tunique blanche. Ses cheveux châtains magnifiques ondulaient sur ses épaules. Le regard de ses grands yeux bleus faisait reculer ces créatures. Le teint légèrement mat de son visage accentuait la beauté de ses lèvres charnues aux couleurs cerise d'où s'écoulaient des incantations. Sa voix était douce et mélodieuse.
Elle se déplaçait de façon majestueuse.
Le mouvement de ses hanches dansait sous son habit. La longueur de ses jambes n'en finissait plus.
Sans quitter ses adversaires des yeux, elle me prit la main et me mit à l'abri derrière elle.
N'aie pas peur, me dit-elle, *je suis là*. À ces mots, une douceur m'envahit, je ne craignais plus rien. L'homme s'adressa à cette femme. Il prononça son nom.

— Astrée ne t'en mêle pas, il est mien.

—oh *non Baal ! dit-elle, n'en crois rien. Tant que je serai vivante, tu ne pourras mettre tes desseins à exécution.*

— Que t'importe ces mortels, ils sont insignifiants. Répliqua l'homme de l'ombre.

— *Pas à mes yeux, lui rétorqua la femme en blanc. Tant qu'il y aura, ne serais-ce qu'un seul « juste » dans ce monde, tu me trouveras sur ton chemin. Maintenant il suffit! Va-t-en !*

Soudain, Astrée se mit à briller telle une étoile. Toutes les créatures s'enfuirent en gémissant. Ils se réfugièrent dans le moindre interstice d'obscurité. Le sorcier essaya de lui résister. J'ai cru un moment qu'il allait reprendre le dessus. Mais ce dernier se mit à pousser des hurlements, puis disparu.
Je sentis la main d'Astrée me caresser les cheveux.
Je me suis réveillé et je t'ai aperçu au-dessus de moi puis je suis parti me coucher dans la chambre jusqu'à ce matin.

— Qui y a-t-il ? Prof, tu sembles songeur.

— Ton homme était présent le fameux soir. Je ne sais comment, mais il a réussi à entrer dans le manoir. Tout comme dans ton songe, la lumière et l'obscurité semblaient s'affronter dans le salon et sans nul doute, tu en étais l'enjeu.
La deuxième fois que tu as hurlé le prénom d'Astrée, la lumière devint éblouissante et ce nommé Baal faiblit.
A ce moment, sous la demande de Daniel, j'ai pris les bols d'eau bénite et j'ai projeté le liquide sur ce démon. Il se tordit de douleur et s'enfuit.

— C'est à ce moment-là qu'il a dû sortir de mon rêve. Comment est-ce possible, Prof ? Questionna le jeune homme.

— Je n'en sais rien, mon garçon. Allons voir ton oncle Daniel.
Je pense qu'il est réveillé et qu'il pourra nous en dire plus sur tout cela.

Daniel était attablé, il tournait machinalement sa cuillère dans son bol de café. Les cheveux hirsutes noirs grisonnants sur fond de teint mat. Sa barbe « bleue » mal rasée donnait à ce personnage, une allure d'homme bourru.

Ses mains noueuses et usées, indiquaient que Daniel n'avait pas toujours effectué des travaux de tout repos.

De prime abord, il n'encourageait pas à la discussion, mais ceci n'était qu'une apparence. Sous ses aspects de vieil ours se cachaient un grand cœur et une grande gentillesse.

Dès les premières barrières de préjugés passées, nous découvrions un personnage au sens de l'humour et à l'esprit vif.

Comme par enchantement, l'homme devenait charmant et intéressant.

Entre Siegfried et lui, souvent en apparence, soufflait un vent de querelle ou de raillerie, surtout quand Prof se moquait de ses théories métaphysiques.

En réalité, les deux hommes s'adoraient et l'un pouvait compter sur l'autre en toutes circonstances. D'ailleurs, les récents évènements n'avaient pu entamer leur fraternité. Quant à Josh c'était leur petit protégé.

Aux premiers pas du jeune et de l'homme de science dans la cuisine, Daniel lança une phrase à l'humour particulier dont il avait le secret.

— Alors, les « Tourteaux » en forme ?

Josh sourit et marcha vers lui pour l'embrasser.

— Tonton, je ne sais comment te remercier, Prof m'a expliqué ce qui s'est passé. Sans toi, je pense que je ne m'en serais pas sorti.

— Cela t'apprendra à déranger les méchants sorciers. répondit Daniel d'un ton ironique.
Blague à part, comment te sens tu mon garçon ?

— Je t'avoue, pas très bien, de surcroît l'image de cette femme m'obsède.

— Quelle femme? Questionna le cadet des Zelmun.

Prof s'empressa de conter l'histoire de Josh.

L'athlète en fut même soulagé, car il n'avait pas envie de revivre ces moments.
Josh se leva et annonça qu'il préférait aller se doucher que de discuter de tout cela.
Il partit et laissa les deux hommes en pleine discussion.

— Tu sais Siegfried, devant Josh, je n'ai pas voulu avoir l'air soucieux pour ne pas l'inquiéter.
Mais j'ai bien l'impression que malgré nous, nous avons donné un coup de pied dans un nid de frelons.
Après notre rencontre avec l'affreux, j'ai contacté par téléphone un de mes amis, Alain Deauville, à Paris. Cette personne est une sommité mondiale dans l'ésotérisme. D'ailleurs, il m'a initié à diverses pratiques magiques, dont la cérémonie du pentacle. Son savoir dans cette matière, dépasse le mien. Je lui ai parlé de notre petite sauterie.

A l'évocation du nom de Baal, je l'ai senti tressaillir à l'autre bout du combiné.

Daniel continua à narrer son entretien.

— Apparemment au début de ses recherches dans le domaine de l'ésotérisme, Alain avait entendu parler d'un sorcier très puissant.

Son nom était le même que notre visiteur de l'autre soir. Bien qu'il n'y ait aucune preuve de son existence, Deauville m'a déclaré que certains prétendaient que ce sorcier était plusieurs fois centenaire.

Malgré ses convictions, il m'a avoué avoir pris ces dires au second degré.

Mais il se rappelle très bien avoir entendu des rumeurs sur cet homme. Baal aurait même était mêlé à des cérémonies secrètes organisées par les nazis pendant la Deuxième Guerre mondiale.

Tu te doutes bien Siegfried, ce genre de réunion n'avait pas pour ordre du jour l'apprentissage de la valse de Strauss.

Il s'interrompit pour avaler une gorgée de café tiède.

— Mon ami parisien suppose que nous avons eu affaire à un imposteur. Car, si cela avait été le puissant sorcier Baal, jamais, il ne se serait enfui comme un vulgaire voleur.

— Je vais te dire Daniel, interrompit Prof.

Il y a une semaine, tu m'aurais tenu de tels propos, je t'aurais ri au nez et je serais sorti de la pièce.

Il est vrai qu'à ce jour, beaucoup de choses ont changé. Si une personne m'avait rapporté dix pour cent de cet affrontement avec le sorcier, je l'aurais envoyé à l'asile. On jette de l'eau sur un homme, c'est tout juste si celui-ci ne s'enflamme pas et de plus, fait un bond de presque deux mètres de haut et quatre de long. Cela ne suffisant pas, sans demander son reste, le gredin traverse ma porte-fenêtre en double vitrage et s'enfuit. Quant au combat de la lumière avec l'obscurité, je t'avoue que cela a été le pompon.

Alors aujourd'hui si tu me racontais qu'Elvis Presley est vivant, je te répondrais et comment va J.F. Kennedy ? Alors franchement, ton ami ferait mieux de réviser ses grimoires. Car tout en étant cartésien je pense vraiment que cet individu n'était pas un comique de cabaret.

Prof déglutit et reprit la parole.

— Au-delà de tout cela, je n'en tire qu'une conclusion. Josh m'inquiète. Il a été au centre de cet évènement pourtant la seule chose qui l'intéresse est de monter dans sa chambre.

Quant à son regard lorsqu'il décrit cette femme, il ne trompe pas. Il s'est emmouraché d'un rêve.

— Peut-être, peut-être pas frérot, répondit Daniel.

— Nous allons en rester là. Pour l'instant, nous n'avons pas plus de réponses. Quant à moi, il faut que j'aille me préparer et faire mes valises. Je dois me rendre à Paris pour un colloque sur la sorcellerie.

D'ailleurs, je vais en profiter pour rendre visite à Alain et je ne manquerai pas de lui rapporter ton conseil.

Il attrapa sa sacoche.

— A bientôt mon frère, il faut que je passe encore chez moi.

Le premier qui en sait un peu plus appelle l'autre. Ciao ! lança-t-il à l'encontre de Siegfried.

Daniel laissa Prof à ses réflexions et s'en alla.

Le Professeur regarda l'horloge du four micro-ondes, celle-ci affichait neuf heures trente.

— Bon ! Fit-il en se levant. Les ouvriers ne devraient pas tarder à venir. M. Gilbert, le patron de la fabrique de fenêtres PVC, m'a promis que la porte du salon serait réparée pour ce soir.

Enfin ! soupira-t-il. Tu parles de vacances et Alfred et Martha qui ne reviennent toujours pas.

Cinq heures avaient passé depuis l'entretien avec ses oncles.

Josh se frottait la tête avec une serviette éponge pour se sécher les cheveux.

Il venait de prendre une douche bien chaude afin d'éclaircir ses idées et se sentait propre comme un sou neuf.

Cependant, dès qu'il fermait les yeux le visage magnifique d'Astrée apparaissait.

Il chassa cette image tout en sortant de la salle d'eau et entra dans sa chambre.

La particularité du manoir était que chaque pensionnaire avait ses propres appartements.

Celui de Josh était particulièrement agréable.

La salle de bain était entièrement revêtue d'un granite rose et vert. Cela faisait penser à une salle des thermes gréco-romaine.

Chaque robinet était orné d'une tête de lion, gueule grande ouverte d'où jaillissait l'eau.

L'athlète traversa rapidement la pièce et se dirigea vers la grande armoire d'époque et enfila ses habits.

Au préalable, il passa devant sa vitrine de trophées.

Notre jeune homme pratiquait de nombreux sports.

Mais c'est en décathlon qu'il fut pour la troisième année consécutive, champion du monde. Sans compter le titre olympique en lancer de javelot qu'il venait de décrocher aux Jeux de Grande-Bretagne.

Il sortit de sa chambre et prit la direction du rez-de-chaussée.
En bas, il fut accueilli par des martèlements et des voix énergiques. En passant devant le salon, il s'aperçut du travail avancé des ouvriers de M. Gilbert.
Prof était à leurs côtés.

— Eh bien Professeur, vous n'avez pas perdu de temps !

Siegfried lui répondit sans quitter les employés de vue.

— Non mon garçon. Pourquoi remettre à demain ce qui peut-être fait ce jour ?

Josh sourit.

— Je vais me promener dans le parc, mon oncle.
J'ai besoin d'être au calme. Je serai de retour d'ici une heure.

Le vieil homme acquiesça de la tête, et rajouta :

— Fais attention, car tu es encore sous le choc, Joshua.

Le jeune homme prit la direction du jardin quand la vieille horloge sonna dix-sept heures.

La journée de ce dix-neuf août deux mille douze était belle et ensoleillée.
Le parfum des fleurs embaumait et Josh s'enfonça dans le petit bois. Après ces évènements, il ne désirait qu'une chose : être au calme.

Il respirait à pleins poumons le parfum frais de la petite forêt.

Il laissait vagabonder son regard sur un scarabée se cachant sous une fougère ou une libellule faisant son parcours acrobatique au milieu des grandes herbes. Après une bonne vingtaine de minutes de marche, l'adonis se sentit las.

Il alla s'asseoir sous un vieux chêne. Il lutta, mais sa fatigue fut plus forte. Au bout de quelques instants, les paupières furent lourdes et Josh s'assoupit.

À peine fut-il endormi, le visage de la belle Astrée lui apparut. Son minois paraissait auréolé d'une douce lumière blanche

— Bonjour Josh ! dit-elle.

Josh se sentit transporté de joie de la revoir.

— Suis-moi ! Josh s'exécuta.

A sa surprise, l'homme s'éleva dans les airs accompagnés de sa nouvelle amie. Ils prirent de l'altitude.

— As-tu peur ? questionna la jeune femme.

— Non ! Avec toi, tout m'est égal du moment que tu es à mes côtés.

De ses jolies lèvres, un petit rire s'envola et de chaque note musicale une fleur blanche apparue.
Josh était dans un état de bonheur absolu.

— Où m'emmènes-tu ?

— Nous allons survoler où je réside, regarde c'est juste en dessous.

Ils survolèrent une colline où s'élevait un petit château comme l'on pouvait en trouver dans le bassin méditerranéen. Sa construction était de type médiéval.
Sur l'un de ses donjons, un drapeau blanc et rouge volait au vent.
Sur le pavillon à face blanche, une petite croix en haut à gauche apparaissait.

Notre jeune ami tourna son regard vers la beauté faite femme.

— Où sommes-nous ? demanda-t-il.

— Ce sera à toi de le deviner, mon jeune ami. Observe bien et tu pourras retrouver cet endroit.

— Quelle est cette rivière en contre bas ?

— Les anciens la surnommaient la rivière d'or, mais en fait c'est un bras se jetant dans la méditerranée.

A ce moment, « la rivière » prit la couleur du métal précieux.

— Es-tu magicienne Astrée?

— Qui sait Josh ? Puis, elle éclata à nouveau de rire.
Pour notre ami, tout ceci était vraiment paradisiaque. Ils
survolèrent la cime des grands pins « sylvestres » où le
vent interprétait ses musiques d'été.
Ils passèrent en rase-motte au-dessus d'un petit ruisseau.
Astrée tendit sa main et effleura le dessus de l'eau
laissant apparaître une ridule d'argent.
Puis, elle regarda son protégé et lui attrapa la main.
Au toucher de sa peau, Josh sentit une douceur et une
légèreté lui envahir l'âme et le cœur. Il se sentit ivre de
joie.

— Ne me quitte plus Astrée ! S'écria-t-il, tel l'enfant
voulant l'écho pour réponse.

Il ne pouvait s'empêcher de la regarder et d'admirer le
moindre de ses gestes. Elle était vêtue d'une robe blanche
interminable et ses longues manches ressemblaient à des
ailes d'anges.

— Je t'aime ! lui déclara-t-il.

A ces mots une expression sombre traversa le visage du
bel oiseau suivi aussitôt d'un sourire lumineux.

— Si seulement tout était aussi simple Josh.
Si seulement tout était aussi simple. Répéta-t-elle d'un air
songeur.

— As-tu bien regardé tout autour de toi mon bel amoureux ?

— Oui, oui ! dit-il en s'esclaffant?

— Je t'en prie Josh, observe bien le paysage de notre survol. Le ton fut grave.

— Très bien.

Il se mit à regarder le moindre détail, des collines boisées en passant par la rivière et les pierres blanches de la construction médiévale.
Le château avait pour écrin un parc magnifique. Différentes essences d'arbres et de fleurs s'y trouvaient. Des érables du Japon aux dattiers, tout était harmonie. Son regard embrassa l'ensemble du paysage.

— Voilà, c'est fait ! Et il rajouta :

— C'est magnifique, mais le plus beau paysage n'a de valeur que si tu es là.

Astrée s'approcha doucement du visage de son compagnon de vol et lui déposa un baiser.

Au même moment, tout s'assombrit.

Josh ouvrit les yeux, à sa grande surprise, la nuit était tombée.

Encore sous sa torpeur, il se leva comme étourdi et prit la direction du manoir. Il avança sur le petit chemin forestier. Il aperçut une lumière vacillante au loin. Il alla en direction de celle-ci. Il entendit son nom.

— Josh, Josh. Il reconnut la voix de Prof.

— Je suis là professeur ! Cria-t-il.

La lumière prit sa direction. Au bout de quelques instants le faisceau lumineux était assez près pour incommoder l'égaré.

— Josh, mais que fais-tu, tu veux me faire mourir ou quoi ?
J'étais fou d'inquiétude. Tu sais quelle heure il est ?

— Non Prof.

Bredouilla le jeune Mc Land.

— Il est 22 h, cela va faire cinq heures que tu es parti te promener. J'ai bien cru que Baal avait réitéré son attaque. L'inquiétude teintait sa voix.

— Excuse-moi mon oncle, je me suis assoupi et…

— Tu me raconteras cela à la maison. Interrompit l'aîné des deux hommes.

Ils se mirent en route vers la grande demeure à bons pas.

L'après rêve.

Après quelques instants, les deux hommes arrivèrent à destination.
Josh restait songeur.

— Viens mon garçon, je vais te faire quelque chose à manger.

En un rien de temps, Prof lui fit deux œufs au plat accompagnés d'une succulente tranche de jambon. L'odeur embaumait la cuisine.
Pour la peine, je vais t'accompagner, dit l'ancien et il refit la même opération culinaire.

Après s'être rassasiés, les deux amis entamèrent leur discussion.

Prof commença :

— Dis-moi, mon fils, que t'est-il arrivé ?

— Après avoir marché quelques minutes, j'ai senti un besoin irrésistible de m'asseoir puis je me suis installé en dessous d'un arbre et me suis assoupi. Dans mes rêves se trouvait Astrée.

— C'est pas vrai Josh ! Tu ne vas pas recommencer !

— Prof, je sais ce que je ressens et ce que je vois. Astrée m'a demandé de la rejoindre.

— Mais comment mon jeune ami, comment ? s'écria Prof.

— Justement, mon Oncle, non seulement elle m'a donné des indices, mais j'ai survolé l'endroit avec elle.

— Survolé ! Bon d'accord, explique-moi.

Il leva ses bras vers le ciel en signe de désespoir.

— Astrée m'a parlé d'un endroit nommé par les Assyriens « la rivière d'or » *Pu ra* me semble-t-il.
Celle-ci était située à proximité d'un château de type médiéval blanc.

Le jeune homme prit un stylo et un papier et griffonna un croquis de la petite forteresse. Il prit la feuille et la donna à Prof.

— Très bien, fit-il et maintenant. Bredouilla l'ancien.

— Maintenant, nous allons faire des recherches et trouver ce foutu caillou. S'exclama l'adonis.

— Entendu, mais pour l'instant nous allons surtout nous mettre au lit. Renchérit le professeur.
En effet, l'horloge affichait 1h du matin.

— Demain, nous allons chercher ton château fantôme et ta princesse et je te promets que si leur existence est avérée… je les retrouverai, foi de Zelmun !

Les deux hommes interrompirent leur discussion, se séparèrent et montèrent dans leur chambre.

Ce fut un mardi ensoleillé qui réveilla le beau manoir.
Ces murs étaient revêtus de lierre lui donnant l'impression d'être mi-pierre, mi-végétal.
Son petit donjon n'était pas d'une grande hauteur et ceci intensifiait son aspect de petit château fort, inachevé.
A ses pieds coulait une petite rivière.
Ce mélange de ciel bleu et de végétation était apaisant.
Les rayons de soleil embrassèrent le domaine et firent prendre vie au petit monde ensommeillé.

Deux individus sortirent par la grande porte en bois et s'engouffrèrent dans une berline noire.
La voiture démarra en faisant chanter les graviers blancs de l'allée centrale.
La lourde grille en fer forgé s'ouvrit lentement et laissa passer la grosse « diligence ».
A bord, se trouvaient nos deux amis, Prof et Joshua.

— Apparemment, nos recherches sur internet n'ont rien donné. Prof fut le premier à interrompre les réflexions de chacun.

— J'ai contacté un ami, le professeur Bernex. Il travaille à la bibliothèque de Mériadeck à Bordeaux. Il s'occupe de toute la partie « antiquité ».
Astrée a évoqué les anciens dans ton rêve. Es-tu sûr de ne pas avoir d'autres indices ?

— Si Prof, elle m'a parlé de la méditerranée.

— Très bien, je pense que cette indication nous sera utile.
Conclut Siegfried.

Leur périple fut sans encombre et l'horloge de la cathédrale St André sonnait la demie passée de dix heures quand nos deux héros sortirent du véhicule. Après quelques centaines de mètres, ils furent face à une bâtisse poste-moderne des années 2000. L'immeuble avait une dizaine d'étages et la façade était revêtue de miroirs où se mirait la flèche du monument religieux.

À leur approche les deux hommes virent leur image renvoyée par les deux portes de l'entrée.
Celles-ci étaient composées des mêmes matériaux que les fenêtres.

On y aperçut un jeune homme imposant et un monsieur d'un âge certain, avancer vers l'ouverture.
Le plus ancien mesurait environ 1m70 d'apparence frêle. Son visage était mince, mais non dénué d'harmonie. Les yeux noisette-vert du professeur affichaient un caractère trempé et volontaire. La barbe taillée à l'ancienne faisait ressembler Siegfried à un personnage sorti tout droit des films en noir et blanc des années 40. Certains de ses amis affirmaient qu'il ressemblait à Victor Hugo. D'ailleurs, cette comparaison avait la fâcheuse habitude de le contrarier.
Concernant son habitude vestimentaire, il restait classique, mais non vieillot. Sa démarche et son allure restaient élégantes et dynamiques.

Les portes s'effacèrent devant leurs pas.
Josh et Siegfried se trouvèrent dans un hall de taille considérable, sobre aux murs en marbre blanc et rose. Au

centre de ceux-ci, une applique ronde diffusant sa lumière trônait.

Le plafond était habillé par des tentures blanches, reliant chaque coin à l'autre. En final cela ressemblait à une croix de Malte suspendue au-dessus d'eux.

En dessous de chaque attache, se trouvait une statue antique drapée. Tantôt d'une Vénus, tantôt d'un discobole.

Au centre de tout cela, se trouvait un bureau ovale en merisier d'aspect moderne. D'ailleurs, cela tranchait avec la décoration. Pour finir, en arrière-plan une porte de couleur aluminium renvoyait les reflets lumineux du système d'éclairage.

— Messieurs !
Lança une jeune femme siégeant derrière le bureau circulaire.

— Nous sommes attendus par le professeur Bernex.
Déclara Prof.

— Très bien !
Fit-elle d'un ton détaché, en ajoutant :
N'oubliez pas de présenter vos cartes d'identité.

Aussitôt, elle pressa un bouton situé sur le dessus de sa table et les deux portes en métal s'ouvrirent. Nos deux compères pressèrent le pas.

Au passage du jeune homme, le portier de charme lança un regard sans équivoque au bel adonis.

Prof s'en aperçut :

— Eh bien mon garçon, décidément, tu ne laisses pas indifférente la gent féminine.

Les portes se refermèrent et nos deux enquêteurs disparurent aux yeux de la jeune femme.

Les deux hommes se retrouvèrent dans un ascenseur. Chacun avait la main levée à mi-hauteur en tenant leur justificatif d'identité.
Quelques cliquetis se déclenchèrent, puis deux rayons laser inoffensifs les scannèrent de haut en bas.

Le système de sécurité du musée bien que discret était très efficace.
La bibliothèque renfermait une centaine de livres anciens d'une valeur inestimable, dont un exemplaire des exploits d'Ulysse écrit par Homère : « L'ILLIADE. ». Cela justifiait de telles mesures sécuritaires.
Une caméra suspendue peaufinait le contrôle d'identité des deux invités.
La vérification terminée, la cabine entama son ascension. Le ralentissement de l'appareil et la légère secousse indiquèrent à nos deux antagonistes leur arrivée à destination.

Les deux portes s'ouvrirent laissant apparaître le Professeur Bernex.

— Alors vieille branche, toujours en forme à ce que je vois !

S'exclama l'hôte.

L'accent de Marseille accentuait la jovialité du bonhomme.
Il ouvrit les bras et les deux hommes mûrs tombèrent l'un et l'autre dans une longue accolade.

Les compères étaient de taille similaire, grisonnant tous les deux.

A l'encontre de Zelmun, Bernex affichait un léger embonpoint et portait une paire de lunettes.

Une petite moustache soulignait sa lèvre supérieure.

Il se retourna vers Josh et l'embrassa.

— Toujours aussi grand ! lui jeta-t-il, en souriant.

D'un geste impatient, il leur fit signe de le suivre. Pendant la traversée des longs couloirs, la conversation débuta.

— Alors bougre d'andouille, tu habites à peine à deux heures d'ici et tu ne me contactes uniquement que pour rechercher un château.

— Arrête, Jean-Claude, je t'ai invité à séjourner au manoir il y a deux mois et j'attends toujours ta venue.

Les deux hommes éclatèrent de rire. Visiblement, la bonne humeur était de mise entre les deux amis. Ils entrèrent dans un vaste bureau meublé en style Louis Philippe.

Voyant cela Siegfried ne put s'empêcher de lui faire une remarque :

— Tu ne t'embêtes pas !

Le responsable du lieu culturel enchaina sans répondre à la boutade.

— Par rapport au croquis de Josh que tu m'as envoyé ce matin par email, il me semble que ta bâtisse fortifiée est d'origine hispanique.
Mon garçon dis moi en un peu plus.

Josh s'exécuta et apporta tous les détails dont il pouvait se souvenir.

— Eh bien ! Répliqua Bernex, nous ne sommes pas plus avancés.
Des châteaux de ce type, il y en a au moins une quinzaine autour du bassin méditerranéen.
Pourtant, il me dit quelque chose. Mais pourquoi voulez-vous trouver cet endroit ?

Siegfried hésita un moment, et il décida de tout raconter à son ami.
Une fois le récit terminé, un sifflement émis par Bernex mit fin au silence qui régnait.

— Dis donc, vous, quand il vous arrive un imprévu cela vaut le détour.
J'accorde du crédit à cette histoire, Siegfried, uniquement parce que c'est toi qui me la rapportes.
Venant d'une autre personne je l'aurai fait mettre dehors.

— Oh, ne t'inquiète pas, je te comprends. J'ai vécu tout cela et pourtant, il m'arrive de me demander si je n'ai pas rêvé. Répondit Zelmun.

Après un instant, Bernex perdu dans ses pensées, commença à évoquer son savoir en la matière

— Votre récit est troublant à deux titres.
Le premier, dans divers textes, légendes et autres le nom de Baal a quelque fois été cité comme prince du mal.
Quant à Astrée, cette dernière n'est autre, excusez du peu, que la fille de Zeus et Thémis. Issue de la mythologie grecque.
Elle et sa mère sont la personnification de la Justice.
D'après la légende, Astrée est la dernière des immortelles à vivre parmi les humains durant l'Âge d'Or.
Quand l'humanité est devenue corrompue à l'âge de Bronze, elle quitta la Terre, et Zeus la plaça dans le ciel sous la forme de la constellation de la Vierge, tandis que la Balance de la Justice, son principal attribut, devint la constellation du même nom.

Josh intervint. Le dialogue s'installa entre les deux hommes.

— Attendez ! Astrée m'a parlé de la rivière d'or. En fait, c'était un cours d'eau que les anciens nommaient ainsi.

— Les anciens, les anciens…tu sais c'est vague, tout cela. Remarqua le conservateur.

— Un détail me revient, sur l'un des deux donjons un drapeau blanc et rouge flottait.

— Comment blanc et rouge. Les couleurs étaient à la verticale ou à l'horizontale ? demanda Bernex.

— Il était assemblé de deux bandes verticales. La première était blanche, la seconde rouge carmin. Confirma Josh.

— Rien d'autre ? Renchérit Bernex.

— Ah oui ! Je me rappelle qu'une petite croix semblait dessinée en haut à gauche, dans la partie blanche.

Jean-Claude Bernex se dirigea vers une grande bibliothèque vitrée, l'ouvrit et en sortit un grand atlas.
Il chercha quelques instants, prit le livre et le déposa sur la table du bureau. Il invita les deux hommes à s'approcher.

— Mon garçon que penses-tu de ce pavillon ?
clama le moustachu.

Les yeux de Josh s'écarquillèrent.

— Mais c'est exactement celui-là. S'enthousiasma-t-il.

Zelmun s'approcha à son tour.

— Effectivement pourquoi n'y avais-je pas pensé.
Le drapeau de la République de Malte. Dit-il à voix basse.

Bernex enchaîna.

— Effectivement, il y a plusieurs châteaux qui pourraient être celui que nous recherchons.

D'après les informations de ce livre, il y en a au moins trois.

Le premier, servant d'hôtel, l'autre de musée médiéval et apparemment, le dernier est d'appartenance privée.

Siegfried sortit de son silence :

— Admettons que ce soit le monument que nous cherchons. Mais qu'allons-nous faire maintenant ?

Josh se tourna vers le professeur et d'un naturel déconcertant déclara

— Mais, Tonton, y aller,… y aller !

Zelmun poussa un soupir, leva les bras au ciel tout en regardant le plafond et lança de façon théâtrale.

— De toute façon, nous ne savions que faire pour ces vacances, et bien nous allons visiter Malte.

L'arrivée à Malte

Nos deux héros prirent congé du Professeur Bernex, non sans avoir pris la peine de prendre l'adresse du propriétaire du Château maltais.

Ils reprirent l'ascenseur et saluèrent la jeune femme de l'accueil avant de quitter la bibliothèque. Ils retrouvèrent leur moyen de locomotion et prirent la direction du manoir.

— Par rapport à l'accès sécurisé, il est étonnant de voir le peu de protection accordé à la jeune femme. Releva le jeune homme.

— Ne te fies pas aux apparences. Tout autour du bureau, une petite rainure décrit un cercle au sol. En fait, en cas d'agression deux demi-sphères en plexi-glass sortent des fentes, en un dixième de seconde créant ainsi une bulle de protection autour de la jeune femme. D'ailleurs, tu as pu t'apercevoir qu'elle na jamais quitté son bureau.

Précédant la question de Josh :

— Je sais tout cela, car je me suis posé la même question lors de ma première visite. Mon ami Jean-Claude avait tenu à m'en faire la démonstration. Je te prie de croire que c'est très efficace.

— Mon Oncle, je ne sais pas pourquoi, mais j'ai le pressentiment que le temps est compté. Il faut se rendre au plus vite à Malte. Dit le jeune homme.

— Mon garçon, bizarrement, je suis du même avis que toi. Si nous pouvons partir encore ce jour, nous le ferons. Conclut Zelmun.

A leur arrivée au domicile, les choses prirent bon train. Siegfried s'occupa de réserver les billets d'avion ainsi que les chambres d'hôtel.
Les deux hommes s'affairèrent à préparer leurs bagages. La chance était en leur faveur un avion en partance pour l'île décollait à 23h30 du nouvel aéroport de Chaulnes, annexe de l'aéroport de Roissy. Il était dix huit heures quand le téléphone résonna.
Prof alla décrocher.
Aux premières paroles, il reconnut son frère, Daniel.

— Comment vas-tu mon jeune frère ? As-tu du nouveau ?

— Oh oui ! Nous avons approfondi nos recherches avec Deauville.
Figure-toi, d'après les écrits, Baal n'est pas le seul à apparaître de-ci de-là dans l'histoire de notre humanité. Souvent une femme est apparue également pour déjouer ses plans. Et devine son nom ?

— Ne serait-ce pas Astrée ? demanda Prof.

— Eh oui, en plein dans le mille. Cette charmante femme serait, d'après les initiés comme Deauville, même intervenue dans le conflit de la Seconde Guerre mondiale.

— De quelle manière ? Questionna Prof.

— Nous l'ignorons.

—Daniel ! Ce ne doit pas être la même personne, car elle serait centenaire.
— En tout cas, les archives perdent sa trace pendant le bombardement d'avril 1942 à Malte. À la ville de La Valette plus exactement.

Siegfried faillit s'étouffer.

— Qu'as-tu dit ? À Malte ?

— Qu'est-ce qui te prend de hurler comme ça dans le téléphone Siegfried. Tu es malade, j'ai failli avoir un arrêt cardiaque. S'écria le cadet Zelmun.

— Ce serait trop long à t'expliquer, mais Josh a de nouveau fait un rêve depuis ton départ. D'après les indices laissés dans ce songe, Astrée demeurerait à Malte. Nous prenons l'avion ce soir avec Joshua. Nous allons essayer de la trouver.

— De mieux en mieux frérot ! Toi le cartésien, tu te mets à aller visiter une île simplement parce que notre neveu a fait un rêve.

— Tu étais là l'autre soir. Non !
Je prends très au sérieux tout cela. Pour moi il en va de l'équilibre mental de mon filleul. Je suis à ses côtés

depuis, et je te prie de croire que pour lui, ce n'est pas qu'un simple rêve.

De plus, je viens de rendre visite à Bernex. D'après les descriptions, il a réussi à me donner une éventuelle adresse. D'ailleurs, nous prenons l'avion ce soir à vingt trois heures trente. Il faut que je t'abandonne ? Je n'ai pas fini de me préparer.

— Eh bien ! Quelle aventure ! Je t'embrasse. Soyez prudent. Donnez de vos nouvelles au plus vite. Bye.

— Oui, oui ! Ne t'inquiète pas à bientôt.

Les deux hommes raccrochèrent.

A 19H30, un taxi vint les chercher pour les emmener à la gare de Bordeaux. La nouvelle ligne TGV permettait de se rendre au centre de cette aérogare en une heure. Un journaliste d'un quotidien avait estimé le rétrécissement du pays à 50% depuis que les nouveaux trains se déplaçaient à plus de 500 km/h.

Tout se fit pour le mieux, nos deux héros décollèrent à l'heure et l'avion s'envola vers les cieux de Malte.

Après un vol sans encombre, nos deux héros atterrirent à La Valette à 1h30 le mercredi, 22 août 2012.

L'atmosphère était lourde et humide. À la sortie de l'avion, les chemises des deux hommes se collèrent à eux, tant le taux d'humidité était élevé.

Il ne fallut que quelques instants pour qu'ils se retrouvent en nage.

— WOUAH ! Quelle chaleur. Clama Josh.

— Le mois d'août est un des mois les plus chauds à Malte. De plus, le réchauffement climatique n'a rien fait pour arranger les choses. Répondit Prof.
Un homme en uniforme leur indiqua la direction du hall de sorties des bagages.
Étant membres de la communauté européenne, aucun contrôle douanier ne s'imposa et nos deux amis prirent la sortie. Un homme de petite taille au teint mat, pantalon beige et chemisette blanche se tenait non loin d'eux. Son visage était rond et arborait une belle moustache. Il tenait dans sa main droite un morceau de carton où était inscrit Mr. ZELMUN.

— Ah ! Voici notre chauffeur. Déclara Prof à Josh.
L'homme fit quelques pas en leur direction.

— « *Bonjou* », professeur Zelmun je présume ?

L'individu s'exprimait dans un parfait français. Quant au mot « bonjou », volontairement la lettre « r » était omise. Ce mot était un héritage de l'occupation des troupes française dirigées par Napoléon Bonaparte.

— C'est moi, Monsieur. Bonjour.

Répondit Siegfried tout en lui tendant la main. Josh fit de même.

— Je vous emmène à l'hôtel, venez ! S'empressa le Maltais.

Une petite fourgonnette se trouvait à la sortie de l'aéroport. Le chauffeur de taxi s'empressa de ranger les deux valises dans le coffre. Les deux touristes prirent place sur la banquette arrière.

— Sommes-nous loin de l'hôtel ? Questionna le savant.

— Environ une demi-heure. Répondit le chauffeur tout en enchaînant.

— Nous devons aller en direction de Xemxija bay.
C'est environ à six kilomètres de là, en direction du nord-ouest de l'île.

Aussitôt le chauffeur démarra et prit le chemin du Castle Palace, hôtel réputé de la région.

Il faisait nuit, malgré tout Josh regardait le paysage.

Un silence s'instaura dans le véhicule.
Après une quinzaine de minutes de route, Siegfried interrompit sa rêverie :

— Quand penses-tu reprendre l'entraînement, mon grand ?

— Mon Oncle, ne crois-tu pas que j'en ai pas assez fait ces derniers temps ?

Prof sourit :

— Oui, excuse moi, mon fils, c'est vrai, champion olympique de Javelot, ce n'est pas mal du tout. Je crois qu'en fait je t'ai dit cela histoire de parler.

— Oui, je comprends. Répondit le jeune homme.

— Tu sais mon enfant, ces derniers jours sont tellement invraisemblables.

Josh ne répondit pas de suite.

Le jeune homme regardait le paysage, c'était une végétation ressemblant à la garrigue du sud de la France. Cependant, la présence des cactus de barbarie parsemés le long de la route montagneuse faisait la différence.

Ces mêmes plantes apparaissaient souvent dans les vieux westerns hollywoodiens, ornant les paysages lointains du far-West.

Nos amis venaient de traverser une petite ville. Les constructions étaient un mélange de types espagnol et marocain de maisons cubiques de hauteurs moyennes. Pour certaines demeures, de petits balcons cloisonnés en bois étaient accrochés. Caractéristique de la culture maltaise.

L'on sentait une influence multiculturelle. D'ailleurs, le passé de l'île de Malte était riche en invasions.

Phéniciens, Romains, Maures, Français et en dernier Anglais.
Ce mélange avait fait de l'île la seule contrée méditerranéenne anglophone.

La camionnette emprunta la nationale sinueuse qui par certains endroits avoisinait avec le vide des ravins.
En effet, cette dernière menait au sommet d'une petite colline.
Josh quitta le paysage et se tourna vers son mentor. Au même moment, son visage fut illuminé par un halo laiteux.

Cette lumière était issue d'un véhicule les suivant de près.

Josh allait ouvrir la bouche, quand la camionnette fut secouée.
La voiture se situant à l'arrière venait de les percuter violemment. Le chauffeur se mit à crier. La crainte se fit ressentir à travers ses paroles.
Malgré tout, l'homme garda le contrôle de son véhicule.

Prof et Josh regardèrent vers l'arrière du pare-brise.

Une grosse voiture de couleur blanche répéta son assaut.

— Bon sang ! S'écria Prof. Il est fou celui-là.

Josh calmement répondit :

— Au contraire, il sait très bien ce qu'il fait. Il va essayer de nous faire quitter la route, afin de simuler un accident.

Avant même que le chauffeur du taxi ne puisse réagir. Josh l'empoigna, le poussa sur le siège avant passager, enjamba le fauteuil et se retrouva au volant. Il s'adressa au maltais.
— Un conseil, accrochez votre ceinture, ça va secouer !

À peine le clic fut enclenché qu'il y eut un grand choc.

Josh venait de piler.

L'assaillant fut aussi surpris que les passagers. Il freina, sans résultat, il emboutit la camionnette.

Le maltais hurla dans sa langue en s'adressant à Josh. Sans équivoque c'était des injures.
Josh rétrograda et accéléra, cela lui permit de gagner du terrain.

A cet instant, une voix se fit entendre à l'intérieur de son esprit :

— Après le prochain virage, éteins tes lumières et braques à droite, tu trouveras un petit chemin rural. Lui souffla l'oracle.

Il l'écouta, à la grande surprise de Siegfried et du passager.

Après un dérapage contrôlé, le petit van s'immobilisa. Notre héros coupa le contact.

— Taisez-vous ! Ordonna-t-il au pauvre maltais qui hurlait.

Une poignée de secondes passa, et ils entendirent le vrombissement de la grosse berline blanche continuant à toute allure sa randonnée mortelle.

Le chauffeur de la voiture assassine ne comprit pas d'emblée la situation. Il ne voyait plus les lumières de sa proie.

Il accéléra, mais sans résultat. Toujours aucune trace de la fourgonnette. L'homme scrutait intensément la route.

Le conducteur avait un visage rougeâtre, de petits yeux et des cheveux poisseux. Ces derniers étaient peignés en arrière. C'était un homme corpulent. Sa bedaine, surmontée d'une chemise de mauvais goût maculée de gras, touchait le volant. La sueur coulait sur son front. Il enrageait de ne plus trouver son gibier.

La voiture aborda un virage en épingle à grande vitesse. Elle frôla la rocaille qui se trouvait à droite du bas côté. Soudain, l'homme aperçut une silhouette féminine. Celle-ci semblait irradiée tel un petit soleil en plein milieu de la route.

L'homme ne se démonta pas, il accéléra vers la femme. À sa grande stupeur, celle-ci semblait immatérielle. Il la traversa sans lui faire grand mal pendant que celle-ci disparaissait. Aveuglé par sa rage il ne put braquer à temps. Il fonça tout droit.

La voiture traversa la glissière de sécurité et s'envola tel un oiseau de métal dans les airs.

Le visage de l'homme se convulsa d'horreur, il mit ses mains devant son visage comme si cela suffisait à le protéger.

Le véhicule s'enfonça dans la nuit et au bout de quelques secondes percuta le bas du ravin. Le criminel n'eut pour dernière vision, que des phares déchirant la nuit et le sol arrivant à toute vitesse vers lui.

Une déflagration et une gerbe de lumière l'accompagnèrent dans les ténèbres.

Les passagers du taxi virent une lueur suivie d'une explosion.

La voix se manifesta à nouveau télépathiquement à Josh.
— C'est fini, vous pouvez continuer votre chemin sans encombre.

Aussitôt Josh ralluma le moteur de la fourgonnette.

— Voulez-vous conduire ?

Demanda-t-il au propriétaire du taxi. L'homme secoua la tête énergiquement en signe de négation.

— Vous allez bien Prof ? Interpella-t-il.

— Comment peux-tu être aussi impassible après ce qui vient de se produire ?» L'interrogea-t-il.

— Je n'en sais rien, cela vient du plus profond de moi, je sais qu'il ne nous arrivera rien.

Josh omit de parler de la voix qui l'avait guidé. Le taxi démarra. Josh ralentit à proximité de l'accident. La voiture se trouvait à une douzaine de mètres plus bas. Les flammes léchèrent la carcasse métallique.

L'homme de l'île prit sa radio et prévint les autorités.
A l'aide de son ordinateur d'itinéraires, il pointa la position satellite. Il signala son identité ainsi que celle de ses passagers.
Il indiqua également l'adresse de l'hôtel, tout en mentionnant qu'ils s'y rendaient dès à présent.
La conversation prit fin.

Les trois hommes étaient encore sous le choc de l'agression.
Aucune parole ne fut échangée le long du trajet.

Seul le gémissement de la carrosserie malmenée faisait écho. L'autochtone n'avait pas à indiquer le chemin, car ils suivaient la seule route qui menait au palace.

L'homme de type méditerranéen semblait soucieux.
Il y avait de quoi, car son outil de travail était mal en point.

Prof lui tapota l'épaule, tout en lui signifiant qu'il n'avait pas à s'inquiéter. Zelmun prendrait tous les frais à sa charge. Immédiatement, le visage de l'homme retrouva le sourire.

L'argent n'était pas un problème pour le savant.

Après quelques minutes, ils arrivèrent devant le Castle Palace.

En face de ce dernier, se trouvait un château presqu'à l'identique de celui décrit par Josh lors de son rêve.

Prof en fit la remarque.

Malgré l'heure tardive, le réceptionniste les accueillit.

— « *Bonjou* », fit-il, selon la coutume du pays.

Les trois hommes rentrèrent dans le hall de l'hôtel. Celui-ci était de bonne taille et joliment décoré. Quatre colonnes en marbre soutenaient un plafond richement coloré de peintures bucoliques.

De part et d'autre, quatre canapés rouges confortables étaient disséminés, entourant de petites tables basses. Celles-ci semblaient être en acajou.

Le comptoir de la réception était en bois massif conçu du même matériau que le mobilier évoqué précédemment.

Nos trois compères s'affalèrent dans les fauteuils. Siegfried avait invité le chauffeur afin de régler toutes les modalités concernant la réparation du véhicule.

Quelques minutes venaient de passer quand le hall s'illumina par alternance d'une lumière bleue oscillante.

C'était la police, les trois personnages ne furent pas surpris.
Un homme en tenue civile décontractée, la cinquantaine, entra en premier suivi de deux hommes en uniformes.
Sans hésitations ils se dirigèrent vers Zelmun et Mc Land.

L'homme de tête s'adressa à eux en anglais.
Nos deux amis parlaient couramment la langue de Shakespeare.
Dans cette situation, ce fut un atout non négligeable.

Je me présente, inspecteur Paolo Cintia.
Sans me tromper, vous êtes les personnes nous ayant signalé l'accident en contre bas.

— Vous permettez ? fit-il, puis-je m'asseoir ?

Prof prit la parole :

— Je vous en prie, prenez place.
Je me présente, Professeur Zelmun et voici mon filleul Josh Mc Land.

— Avez-vous vu quelque chose ? Questionna le fonctionnaire de police.

Prof fit une mimique dubitative puis enchaina et

le dialogue s'installa entre Cintia et Zelmun.

— Non seulement, nous avons vu quelque chose, mais cet individu nous a foncé dessus pour nous envoyer dans le ravin. Il nous a percutés à l'arrière.

L'inspecteur l'interrompit :

— Cela explique l'état de la fourgonnette se trouvant devant l'hôtel.

— Par bonheur, nous avons profité d'une courte avance pour quitter la route et nous réfugier dans un petit chemin de terre. Je pense que cela nous a sauvé la vie. Continua Zelmun.

— D'après la plaque d'immatriculation, il s'agirait d'une voiture volée. Cependant, nous avons trouvé un portefeuille. Je ne sais par quel miracle celui-ci était intact.
Il a eu plus de chance que son propriétaire. Il s'agit d'un petit truand. Franco Armandi. Celui-ci était fiché pour divers cambriolages à main armée ainsi que pour deux tentatives d'homicide.
Nous n'avions jamais pu le coincer, faute de preuves. Je ne pensais pas qu'il finirait au fond d'un ravin et rôti de surcroît.
Le connaissiez-vous et savez-vous ce qui la fait quitter la route ? Demanda Cintia.

— Non aucunement, venant d'arriver à l'instant, nous n'avons pas eu le temps de lier connaissance avec qui que ce soit. Par contre, nous avons eu la peur de notre vie. Répondit Zelmun.

— Quelles sont les raisons de votre visite ?

— Culturelles, nous cherchons de vieilles pierres, plus particulièrement un château identique à celui situé en face de l'hôtel. À ce sujet pouvez-vous nous renseigner ?

— D'après mes connaissances, l'île en possède trois. Le premier est transformé en musée médiéval. Celui que vous évoquiez sert de temps à autre pour des réceptions et banquets. Quant au dernier il appartient à la comtesse de Casanueva.

— La Comtesse Casanueva, vous dites ? Intervint Siegfried.

— Je l'ai déjà croisée. Elle organise des galas de bienfaisance. Une très belle femme d'ailleurs et j'avoue assez mystérieuse.
En dehors des manifestations qu'elle organise, cette dame est très discrète. Elle fait beaucoup pour les déshérités de tous les pays. La comtesse est très respectée et aimée par ici.
Mais revenons à notre affaire !

— Que va-t-il se passer inspecteur ? Nous ne sommes en rien liés avec ce truand.

— L'enquête nous le dira.

Nous vous demandons de ne pas quitter le pays au moins pendant les deux prochaines semaines.

Après s'être occupé des formalités concernant leurs chambres, Josh s'était confortablement installé dans un fauteuil et restait impassible, comme si tout cela ne le concernait pas.
Il s'était commandé un thé, et visiblement prenait plaisir à le déguster. Ses pensées étaient ailleurs.
Sans doute chez la belle de ses rêves.
Tout en discutant avec l'homme de loi, Siegfried s'en était aperçu et en avait pris un peu ombrage, mais se refusa à montrer son agacement.

Siegfried continua sa discussion.

— Nous restons à votre disposition, Inspecteur, vous pouvez compter sur notre collaboration et j'espère que vous pourrez nous en dire plus sur le pourquoi de notre agression.

— Très bien. Nous allons vous laisser professeur. Concernant vos papiers, mes collaborateurs m'assurent que tout est en ordre. Rétorqua le policier. D'ailleurs, je n'en suis pas étonné.

Se tournant vers Josh, il renchérit :

— Félicitations monsieur Mc Land, j'ai suivi vos exploits olympiques. Deuxième record du monde de lancement de javelot et trois fois champion international de décathlon !

Bravo ! Dans ma jeunesse, je pratiquais aussi cette discipline.

Josh lui sourit.

Puis, s'adressant à Prof :

— A mon avis, je pense que l'agression doit être liée à une attaque crapuleuse. Je pense que l'agresseur en voulait à votre argent. C'est tombé sur vous. Voilà tout !

Siegfried prit un air narquois.

— Je croyais qu'il n'y avait pas délinquance dans votre pays.

— A quatre-vingt-dix-neuf pour cent, oui ! Mais il reste toujours le un pour cent.

L'officier de police quitta son fauteuil et salua nos héros ainsi que le chauffeur de taxi, à moitié endormi dans le fauteuil.

— Je ne manquerai pas de vous tenir au courant lança-t-il en se dirigeant vers la porte de sortie accompagné de sa garde.
Ils disparurent dans le tourniquet de la porte battante.

Prof finit la discussion avec le chauffeur de la fourgonnette et lui fit un chèque couvrant largement les dégâts du véhicule.

Le Maltais, à la vue du montant fit un grand sourire à Siegfried et le salua chaleureusement. L'homme à son tour s'en alla.

— Bon, mon garçon ! fit Prof à l'intention de Josh.
Si nous allions rejoindre nos chambres ?
En tout cas, je ne sais pas comment tu fais pour être aussi détendu après ce qui s'est passé.

Josh éluda la remarque.

— Je tombe de sommeil, mon oncle. Tiens ! J'ai récupéré les clefs de nos chambres. La 315 pour moi et 318 pour toi.

Ils saluèrent le réceptionniste et disparurent dans l'ascenseur.

La journée venait de s'achever.

La rencontre

Le léger vrombissement de la climatisation emplissait la pièce. Sans cette dernière, la chambre aurait été un vrai sauna.

« Que les étés sont chauds à Malte », pensait l'homme allongé sur un grand lit, les yeux fixés au plafond.

Pour tout habit, il portait un caleçon, et son corps d'un certain âge indiquait que ce dernier n'avait pratiqué que rarement une activité physique dans sa vie.

— Je me demande si je ne devrais pas couper ma barbe, après tout, cela fait vieillot.

Cette remarque avait été formulée de la bouche du professeur Zelmun.

Il ressassait ces derniers jours invraisemblables qu'il venait de vivre.

Tout s'entrechoquait dans son esprit.

Le sorcier, la cérémonie, le combat pour sauver la vie de Josh.

Aussi incroyable que cela puisse paraître, c'était uniquement sur la base d'un rêve de Josh et qu'ils avaient mis le cap sur Malte, cherchant une probable beauté imaginaire.

A peine arrivés sur l'île de miel, comme la nommait les maures, un cinglé avait essayé de les faire chavirer dans un ravin.

— J'ai l'impression que tout m'échappe, se dit-il.

Malgré les idées qui sans cesse l'assaillaient, après quelques instants, les paupières se firent lourdes et il s'endormit.

Le matin arriva, nos deux amis s'étaient donné rendez-vous à neuf heures trente au restaurant de l'hôtel. Prof arriva le premier, sa mauvaise nuit lui donnait l'air soucieux.
Josh arriva cinq minutes après.
Sa bonne humeur contrastait avec celle du vieil homme.

— Eh bien, mon garçon. S'adressant à son protégé.
Tu as l'air d'avoir oublié l'incident de l'autre soir.

Changeant d'attitude, Prof, s'en prit légèrement à son fils adoptif. Les derniers évènements avaient mis son caractère placide à rude épreuve.

— Qu'est-ce qu'il t'arrive, Josh? Je ne te reconnais plus.
Te rends-tu compte de ce qui nous arrive ?

Josh s'approcha du savant et d'un air compatissant, l'attrapa par les épaules.

— Mon Oncle, fais-moi confiance. Tu sais que je ne suis pas un hurluberlu. Hier soir, lorsque je conduisais, une voix m'a parlé comme par télépathie. Je l'ai reconnu, Prof, c'était Astrée.

— Pourquoi ne m'as-tu rien dit hier soir ?

— Ne crois-tu pas que tu avais eu assez d'émotions ?

— Il est vrai ! répondit Siegfried le regard au loin.

— Je viens de louer une voiture au service de location de l'hôtel. M'accompagnes-tu ?

— Avec plaisir, encore faut-il que je sache où nous allons mon jeune aventurier.

— Chez la comtesse Casanueva.

Siegfried ne sembla pas surpris et acquiesça d'un air las.

Le petit déjeuner se déroula sans grande discussion. Les deux hommes mangèrent avec appétit.
Les crêpes, les fruits frais, le thé, le café ainsi que de petites viennoiseries virevoltaient entre les deux hommes. Un rayon de soleil les illumina.

La salle du restaurant était vaste. Celle-ci pouvait facilement accueillir une centaine de personnes. Ses murs possédaient des tentures de couleur rouge, quant au sol, il était constitué d'un carrelage en marbre blanc. L'on retrouvait les mêmes types de colonnes qui étaient érigées dans le hall d'entrée.

Le buffet froid se trouvait au centre de la pièce, quant aux cuisiniers, ils se trouvaient à droite de l'entrée.
Tout un mur leur était réservé ainsi qu'à leur desserte.
Tout était cuisiné devant les estivants. Nos deux compères se trouvaient en face de la grande baie vitrée donnant sur la terrasse.

De cet endroit, ils pouvaient apercevoir la piscine de l'hôtel ainsi que le va-et-vient des baigneurs matinaux.

Après s'être rassasiés, nos deux hommes se levèrent et allèrent vers l'accueil.
Josh signa les derniers papiers concernant la voiture de location.

Une poignée de minutes plus tard, Zelmun et Mc Land se trouvaient à l'intérieur du véhicule.

Celui-ci ressemblait à une voiturette utilisée dans les parcours de golf.
Pourtant, un confort certain avait été accordé à ce moyen de transport.

Josh prit le volant.

— Sais-tu où aller ? Questionna l'ancien.

— Oui mon Oncle, le directeur de l'hôtel a déjà rencontré la Comtesse. Sans hésitation, il m'a indiqué le lieu de sa demeure.

— Tiens-toi bien, Prof, l'adresse indiquée par J-Claude Bernex correspond à l'identique à celle donnée par le propriétaire de l'hôtel.

Siegfried resta silencieux puis fit la remarque au jeune homme que la conduite était à gauche et de ce fait, il ne devait pas se laisser distraire.
Le jeune homme sourit et démarra.

La voix d'une jeune femme se fit entendre

— Continuez sur cette voie.

C'était l'ordinateur d'orientation qui venait de se manifester.

Au bout de quelques kilomètres, les deux hommes passèrent devant l'endroit où la veille, leur agresseur avait trouvé la mort.
Cependant, les deux hommes n'échangèrent ni une remarque, ni un regard. Prof soupira.

Le véhicule se dirigea vers la ville de Melieha.
La traversée fut sans encombre, deux, trois coups de klaxon, quelques bouchons. Rien de fâcheux.

La ville était un mélange d'architecture récente au milieu de bâtisses très anciennes. Ils passèrent devant l'église aux deux clochers.

— Tu as vu, mon oncle, les deux horloges ont une heure différente.

— C'est une coutume locale, les habitants disent que cela trompe le Malin. Répondit Siegfried.
D'après eux, ce dernier regarde toujours à gauche en premier. C'est pour cela que l'horloge à cet endroit n'est jamais à l'heure.

— Pour quelles raisons ? Questionna le jeune homme.

— Ce serait pour que le malin ne connaisse jamais l'heure de sortie de la messe.

— Ah ! Objecta simplement le conducteur.

Le silence fit de nouveau place aux discussions.
Seule la voix mécanique de l'ordinateur se faisait entendre.

Nos deux hommes prirent une petite route, qui d'après la carte affichée sur l'écran de bord, se nommait *Trig Tal Prajjet*.
Celle-ci était totalement droite. Elle s'allongeait sur cinq kilomètres longeant la gauche d'une petite colline.
Après un trajet assez court, le chauffeur aperçut un panneau indiquant :

« Dominium Luminam. »

— Domaine de la lumière, traduisit Prof.

Josh sans hésitations, tourna et prit le chemin.

Celui-ci semblait sans fin. Après quelques instants de route, ils aperçurent au loin un mur de trois mètres de haut.
L'enceinte courrait de part et d'autre à perte de vue. Sans nul doute, celui-ci abritait une immense propriété. À la fin du chemin, ils se retrouvèrent devant un grand portail en bois.
Avant même qu'ils ne réagissent, les deux énormes vantaux s'ouvrirent.

La petite voiture traversa l'entrée.

Le paysage changea.
Aussi incroyable que cela puisse paraître, la végétation devint luxuriante.

Siegfried en fit la remarque.

Des palmiers, des dattiers, des figuiers ainsi que d'autres essences d'arbres fruitiers étaient parsemés judicieusement de-ci de-là.

De merveilleux coteaux fleuris agrémentaient le paysage.

Quelques fontaines rafraichissaient l'endroit.

— Bon sang ! S'exclama Zelmun. Mais c'est inimaginable un tel paysage sur une terre aussi aride !

Cela faisait bien quelques minutes que le véhicule roulait au pas, aucune demeure ne se profilait à l'horizon.

Il fallut à nos deux compères patienter encore quelques instants lorsqu'apparut devant eux un château médiéval.

— C'est lui ! S'écria Josh.
Ses yeux rayonnaient de joie. Il se mit à trépigner d'impatience.

Le chemin finissait autour d'une simple fontaine construite en un immense anneau où l'eau jaillissait à profusion.

— Mais c'est Byzance ! commenta Prof.

Le château était tel que Josh l'avait décrit dans son rêve.

La porte d'entrée s'ouvrit, une dame d'une cinquantaine d'années apparut.
Celle-ci portait un chemisier blanc en satin orné de dentelles.
Une jupe à hauteur de genoux, couleur vert pomme, agrémentait la silhouette. La dame était de belle allure très élancée.
Des cheveux noirs méchés de gris coiffés en chignon accentuaient son corps longiligne.

Malgré les traces laissées par le temps, sa beauté était toujours présente.

Siegfried ne fut pas insensible à ce charme latin.

Josh fut d'ailleurs surpris de voir son oncle, malgré son âge, s'émouvoir à nouveau vis-à-vis d'une femme.
Les deux hommes sortirent du véhicule et montèrent les escaliers pour aller à la rencontre de l'hôtesse.

En s'approchant, Siegfried fut émerveillé par la couleur de ses yeux. Ceux-ci étaient composés de bleu, de vert de jaune. Prof ne put s'empêcher de la complimenter pour sa beauté.

Elle sourit.

A sa surprise elle se présenta en français.

— Je me nomme Ingrid, je suis l'intendante de la Comtesse. Ma maîtresse attendait votre venue. Si vous voulez prendre la peine de me suivre, rajouta-t-elle.

Nos deux héros emboitèrent ses pas.

Ils entrèrent dans un couloir menant à une vaste pièce servant également de grand salon.
Une grande luminosité parvenait grâce aux trois grandes portes-fenêtres.
Les mûrs faisaient apparaître les grands blocs de pierre à base de sédiments marins, couleur blanche.
Un vernis semblait les revêtir lui donnant un aspect laqué.

Le plafond était presque à la hauteur du toit de la demeure. À une bonne quinzaine de mètres.
Le mobilier était simple, mais charmant. Tout en bois massif. Il paraissait minuscule devant l'immensité de la pièce.

Un escalier circulaire imposant siégeait sur le côté gauche.
Celui-ci était composé de pierres blanchâtres

Il donnait accès à l'étage. La main courante était des mêmes matériaux que l'ouvrage. C'était un ensemble de piliers massifs, rectangulaires.
Une rambarde sculptée en forme de dragon serpent finissait l'ouvrage.

Un balcon faisant toute la largeur du mur donnait l'impression d'être suspendu et seul l'escalier le soutenait.
De petits vitraux multicolores placés presque au sommet l'illuminaient par la lumière du jour.
À sa droite et à sa gauche, un accès permettait d'aller plus en avant dans le château.

L'intendante se dirigea vers une table rectangulaire sur laquelle était posé un plateau en argent garni de rafraichissements.

— Puis-je vous servir quelques boissons ? Fit-elle en s'adressant aux deux visiteurs. La Comtesse ne devrait pas tarder. Rajouta-t-elle.

En dessous de l'escalier, un immense canapé, en cuir brun et armature bois, les accueillit.

Prof ne cessait d'admirer la grâce de la servante.

Au bout de quelques instants, ils entendirent l'ouverture de la porte d'entrée.
Le soleil entra en même temps que la créature de rêve.
Prof n'avait jamais rencontré de femme aussi belle.
Sa magnificence en était quasiment indescriptible.

Le sourire éclatant de l'intervenante rayonna.

Il n'y eut point besoin de présentation. Josh bondit littéralement hors du fauteuil.

— Astrée ! lança-t-il.

Il s'approcha, la femme et le jeune homme furent face à face. Ils étaient presque de même taille. Elle lui attrapa les mains et le regarda.
La scène donnait l'image d'un couple qui ne s'était pas vu depuis longtemps. La comtesse et l'athlète se contemplèrent.

La jeune femme lui posa un baiser affectueux sur la joue.

Josh n'eut plus conscience de la présence des deux autres personnes. Il paraissait ivre de joie.

Il se mit à débiter un flot de paroles.

— Astrée, je n'ai eu de cesse de te retrouver, comment te remercier pour ce fameux soir ? Tu sais juste avant que tu n'interviennes, j'ai cru ma dernière heure venue. Jamais je n'aurai pu imaginer qu'un endroit pareil puisse exister.
Des mains décharnées voulaient m'entrainer je ne sais où. Je me souviens également des gémissements de souffrances en bruits de fond. Ce froid glacial qui m'étreignait jusqu'au plus profond de mon âme et ces ténèbres terrifiantes tout autour de moi.
Soudain, tu es apparue. Tu brillais tel un astre. Je n'en croyais pas mes yeux.
Tu as chassé cette vermine nauséabonde qui grouillait tout autour de moi.
Mais mon cœur s'est pétrifié quand cet homme et toi vous vous êtes affrontés.

Un moment, j'ai bien cru qu'il allait l'emporter.

La jeune femme lui sourit.

Son visage resplendissait.
Ses grands yeux gris bleu magnifiques le regardaient avec tendresse. Les traits de son visage étaient la perfection même. Quant à son corps, il incarnait la grâce et la beauté.
Ses cheveux longs châtains aux reflets blonds mettaient son visage en valeur comme un écrin faisait resplendir un diamant.

Astrée ne fit aucunement paraître l'inquiétude qui la rongeait.

Elle se dirigea vers Siegfried.

— *Professeur Zelmun, je suppose !* dit-t-elle.

— Vous supposez bien. Répondit Prof en échangeant un sourire avec la châtelaine.
Il prit délicatement sa main droite et lui fit un baise-main.

— Mes hommages Comtesse.
La lumière du soleil n'est qu'une vague lueur par rapport à votre beauté. » Conclut-il.

— *Charmeur!* Rétorqua la vénus.

Ce petit monde fit plus ample connaissance en échangeant quelques discussions sur divers sujets.

Cependant, Josh ne quittait pas sa dulcinée des yeux. Un aveugle aurait pu remarquer qu'un brasier d'amour le consumait.

La Comtesse se leva, s'excusa, quitta la pièce quelques instants puis réapparut.
— *Messieurs, il va de soit que vous êtes mes invités.* Lança-t-elle.

— C'est avec plaisir, répondit Prof. Mais nos affaires sont à l'hôtel et…

— *Ne vous en faites pas !* L'interrompit-elle.
Max, mon chauffeur fera le nécessaire à ce sujet. Je me suis occupée de tout.

— Comment te remercier ? Renchérit Josh.

— *Simplement en profitant de ma modeste demeure* Répondit-elle.

Les jours suivants ne furent que joie et éclats de rire.

Siegfried se lia d'amitié avec la gouvernante qui cela dit en passant était la grande amie de madame Casanueva et non son employée.

De temps à autre, Prof avait envie d'aborder le sujet sur Baal et les évènements qui leur firent rencontrer la Comtesse ainsi que l'agression en voiture. Cependant, il ne fit aucune allusion.

Il ne voulait pas gâcher ces instants de bonheur.

Quant à Josh, il vivait un moment merveilleux.

La Comtesse, tout en étant affectueuse, restait distante et cela, au grand dam de notre jeune homme.

Un soir, la joie coutumière de la jolie Comtesse était absente.

Le petit groupe d'amis dîna dans le petit parc.

Les hauts murs du château les abritaient du vent.

La nuit était étoilée et douce.

Quelques discussions sans importance furent échangées.

La soirée passa, nos quatre convives prirent congé.

Tous regagnèrent leurs appartements siégeant au premier étage de l'ancienne forteresse.

Au milieu de la nuit, Josh éprouva des difficultés à se rendormir.

Il se leva, ouvrit la porte-fenêtre de sa chambre. La moiteur de la nuit l'accueillit.

L'ouverture donnait sur un grand balcon qui faisait tout le tour du château donnant accès à diverses pièces, dont les chambres à coucher.

Il marcha quelques instants. Il passa le premier coin, continua à marcher nonchalamment, il dépassa le second recoin et là, il aperçut la flamme de son cœur.

— Astrée, tu ne dors pas ?

— *Non, mon ami, je n'arrive pas à fermer l'œil.*

— Que t'ai-je fait ? Depuis ma venue, jamais je n'ai pu te parler en tête à tête. Je jurerais que tu m'évites.

La jeune femme semblait embarrassée. Elle ne détourna pas le regard. Elle continuait à fixer l'horizon.
Ce dernier donnait sur la mer. Le reflet de la demi-lune se mirait sur les flots.
Josh se fit plus pressant. Il lui attrapa le bras délicatement et la tourna vers lui. Ils furent face à face.

— Je t'aime Astrée. Du premier jour où je t'ai aperçue, mon âme s'est enflammée.

La Venus ne répondit pas. Elle baissa tristement les yeux et regarda le sol.

Josh, à l'aide de ses doigts, releva le beau visage.
Leurs yeux se confondirent.

Le regard de la comtesse était larmoyant.

Tendrement, l'adonis s'approcha de ses lèvres, il l'embrassa.
Un échange de tendresse, d'amour, de passion se donnait en spectacle à l'astre de la nuit.

Au bout d'un long moment, ils s'interrompirent.

— Je t'aime mon amour, si tu ne m'aimes pas, dis-le-moi, je ne t'imposerai pas ma présence. Ne me laisse pas sans savoir.

Astrée se tourna doucement vers la balustrade de la terrasse. Elle soupira et se remit face à Josh.
Elle lui prit la main et l'entraîna.

Josh la suivit.

Ils rentrèrent à l'intérieur de la chambre sans mots dire.

Les mains se séparèrent, et Astrée se dirigea vers un meuble de bibliothèque.
Elle ouvrit une porte, ses doigts glissèrent sur un interrupteur caché.
Le meuble glissa sur son socle, faisant apparaître une porte blindée.
L'ouverture était commandée par un clavier numérique et suivi d'un détecteur d'iris.

La jeune femme s'exécuta, le ventail en métal s'ouvrit.
— Suis-moi ! lui dit-elle.

Josh, sans hésiter, emprunta les pas de la jeune femme.
La porte se referma derrière lui.

Le spectacle qui s'ensuivit était particulier.
La pièce était décorée à la mode « Grèce antique ».

La surface de l'enceinte avoisinait les cent mètres carrés.
Le plafond était constitué d'une multitude de leds lumineuses.
Celles-ci reconstituaient à la perfection un ciel bleu ensoleillé.
La pièce était construite sur trois niveaux de sol.

Les hauteurs variaient d'une vingtaine de centimètres, mais cela suffisait pour donner une impression de dénivelé harmonieux.

Chaque sol avait une couleur de marbre différente. Blanc, vert et pour finir rose.

Sur la partie la plus haute, trônait un lit en marbre blanc. Quatre pieds en forme de pattes de lion le soutenaient.

De part et d'autre, se trouvaient également des meubles soit en bois précieux, soit en pierre blanche.

Des statues grandeur nature de divinités antiques se tenaient le long des murs de gauche et de droite.

En arrière-plan quelques tentures rouges et bleues rehaussaient l'harmonie du lieu.

La couche de la comtesse se situait au centre du troisième et dernier niveau. A l'arrière, une multitude de tableaux et photos formait une mosaïque multicolore.

Astrée se retourna vers Josh. Son visage était triste.

Sans transition, elle s'adressa au jeune homme dans un discours enfiévré.

— *Oui je t'aime ! Moi aussi le premier jour où je t'ai vu, je suis tombée éperdument amoureuse de toi. Mais quand tu connaîtras mon lourd secret, tu comprendras l'impossibilité de notre amour. Au plus profond de moi, je désire vivre pour l'éternité avec toi. Regarde tout autour de toi. Tout est d'époque. Il n'y a aucune copie. Je connais l'origine de chaque meuble, chaque statue. Pour cause, ils m'appartiennent depuis leurs origines.*

Elle se calma.

— *Assieds-toi, mon bien-aimé, je vais te conter mon histoire ou plutôt celle de ma confrérie.*

Josh prit place dans un large fauteuil aux coussins moelleux. Il s'enfonça et s'installa confortablement.

Il regardait intensément l'objet de son amour.
Ses yeux semblaient vouloir percer les pensées de cette femme merveilleuse se trouvant debout face à lui.

D'un geste d'une grâce infinie, elle se lova dans un canapé.

Le récit débuta.

La Confrérie

Le plafond lumineux n'avait rien à envier à la lumière du jour.
Le ciel artificiel illuminait nos deux héros.
Josh, assis dans son fauteuil face à Astrée qui était allongée sur un canapé comme l'on en trouvait à l'époque de la Grèce antique.

Mc Land ne quittait pas la vénus des yeux.

La Comtesse Casanueva se leva du canapé et se mit à marcher de long en large, à la façon d'un conteur qui ne savait par quelles histoires commencer.

La Comtesse entama son récit, elle parlait calmement sans passion.

Il y a fort longtemps, je vivais près du fleuve Pu-rat-tu, appelé ainsi par les assyriens.
Celui-ci se nomme actuellement l'Euphrate.

Mon village se nommait Providence.
Je te fais grâce de la traduction en ma langue.

Ce hameau, essentiellement constitué de pêcheurs d'agriculteurs et de quelques chasseurs, vivait en paix depuis des décennies, chose rare dans ce pays.

Je venais de fêter mes seize printemps. Je me sentais prête à faire mon parcours initiatique.
Notre village était régi par le Conseil des Anciens.

Ces derniers n'imposaient rien. Ils avaient réuni sept des plus jeunes du site ayant « l'âge », afin de voir si ceux-ci étaient prêts à braver « l'épreuve ».
Aucun ne se défila, nous avions entre 15 et 17 ans.
Filles et garçons étaient traités avec égalité dans notre village.

Le défi consistait à nous absenter sept jours.
Aucune victuaille, aucun breuvage n'étaient permis.
Ce rituel servait à nous affranchir et à démontrer notre aptitude à survivre sans nos parents.

Nous partîmes le matin de bonne heure, la peur au ventre, mais heureux d'accéder au rang d'adulte.

Nous parcourûmes une trentaine de kilomètres. Traversant bois et plaines verdoyant.
Nous nourrissant de baies, de petits animaux. L'entraide était de mise.
Il fallait impérativement respecter le délai de sept jours.
Par chance, le temps était clément.

Le printemps est toujours agréable en Chaldée et nous en profitions pleinement. La nuit se passait à la belle étoile.
Pour des raisons de discrétion, nous n'allumions jamais de feu.
En aucun cas, nous ne nous séparions. Cette initiation avait également pour but de resserrer les liens entre les individus de la communauté.

Mon frère, IART, faisait également partie de l'expédition. Il était d'un an mon ainé. Ses yeux étaient rieurs, d'ailleurs rien n'entamait sa bonne humeur. Il était de grande stature, mais très mince. Il était apprécié de tous.

Au fur et à mesure des jours, son comportement lui fit accéder au rang de meneur.

Il gérait notre petite troupe à merveille.

Dégotait de temps à autre des baies ou du gibier.

Au final, nous ne manquions de rien. Mon frère connaissait bien la région. Tous les points d'eau lui étaient connus.

Le septième jour arriva plus rapidement que prévu. Le matin venu, nous primes la route au lever du soleil.

Nous avions une bonne dizaine d'heures de marche avant d'arriver à notre village.

Notre petit groupe marchait allégrement en échangeant quelques plaisanteries quand nous aperçûmes au loin une colonne de fumée noire. Un mauvais pressentiment nous assaillit.

Nous nous surprirent à accélérer notre pas.

Nous ne pouvions voir le village, car ce dernier était caché par une petite colline.

Après avoir gravi cette dernière, notre bourg apparut.

Nos cœurs se serrèrent. Le nuage noir, tel un oiseau sinistre survolait les habitations.

Nous courûmes en direction de ce qui avait été le symbole d'une enfance heureuse.

De-ci de-là des corps gisaient au sol, baignant dans leurs propres sangs. Le spectacle était horrible.

Les maisons détruites, enflammées, s'élevaient tels des buchers funéraires.
Chacun de nous cherchait un proche.

Nous reconnûmes Machork, le forgeron.
Le connaissant, il avait dû s'opposer aux agresseurs, mais en vain. Il avait payé son courage de sa vie.

Niakour, le maître pêcheur avait eu la tête tranchée. Celle-ci avait roulé dans la mare, ses yeux fixes regardaient le ciel.

Le village était vide, les cadavres jonchant le sol étaient les seuls habitants restants.
Ni femmes, ni hommes, ni enfants, ni animaux, rien ne demeurait.

Sans nul doute, nos familles avaient eu à faire à la pire espèce d'êtres répugnants vivant sur cette planète.
Les chasseurs d'esclaves.

Malgré la douleur qui nous étreignait dans ce malheur, Iart et moi prirent les choses en mains. Nous décidâmes d'enterrer nos morts. Nous y avons consacré l'après-midi.

Nous nous réunîmes autour des sépultures sommaires adressant une dernière prière afin que nos dieux accueillent nos amis dans la vallée de l'abondance.

Le recueillement terminé mon frère s'adressa à nous tous.
Tous nos visages se tournèrent vers lui.

Ashna, *la fille du sabotier.16 ans, sauvageonne, petite brune téméraire au regard noisette et aux cheveux noirs tombants.*
Comme ses compagnons, sa musculature n'était pas impressionnante, mais fine et agréable à regarder.

Briol, *le fils du forgeron, 17 ans, taille moyenne, blond aux yeux verts.*
Son torse luisait de transpiration. Un corps d'homme pour un regard d'enfant.

Luminur, *garçon unique du chef du village,15ans, petite stature et bouille rousse au nez tacheté de rousseurs, yeux verts.*
Les larmes coulaient sur ses joues, ses sanglots étouffés coupaient de temps à autre le silence qui régnait au sein du groupe.

Namar, 16 ans. *Le plus mat de tous. Cheveux noirs drus et hirsutes.*
Grand. Son regard noir reflétait le désir de vengeance plus que la tristesse.

Alanis, 17 ans *la plus réservée de tous. Cheveux longs blonds magnifiques, yeux bleus silhouette mince élancée. Elle ne laissait aucun garçon insensible.*

Souvent, malgré nous, nous étions mises en concurrence pour notre beauté.
Les paroles fusèrent de la bouche de mon frère.

— Nous ne pouvons rester ici. Nous devons nous en aller.

— Où veux-tu que nous allions ? Coupa Ashna.

— Je propose que nous allions dans les montagnes. Là nous serons à l'abri. Dit Iart.

Je renchéris, il nous faut compter au moins cinq jours de marche

— Que préfères-tu sœurette ? Enchaîna Iart. Cinq jours de marche et la vie ou un repos éternel. Je n'oblige personne à me suivre, vous êtes libres. Cependant, l'union fait la force, nous disperser serait notre mort.

Le jeune homme tourna le dos au petit groupe et se mit à marcher vers les montagnes.

Sans hésitation, nous le suivirent.

Notre direction avait pour but, les monts Zagros. Chaînes de montagnes avoisinant les frontières de l'Iran actuel.

Nous espérions trouver refuge dans les hauteurs. Du haut de nos quinzaines d'années, notre regard sur le monde et sur les gens avait changé subitement. Avoir été confronté à la barbarie avait entamé lourdement notre insouciance infantile.

Le chemin fut long. Nous nous terrions le jour et marchions la nuit. L'idée de rencontrer ces chasseurs d'esclaves nous horrifiait.

Aujourd'hui, « l'épreuve » était journalière. Mais nous le vivions bien malgré les images morbides revenant sans cesse dans nos esprits.

Nous survivions.

La quatrième nuit de marche, le ciel se fit menaçant. Des éclairs zébrèrent le ciel noir

Nous n'avions aucun endroit où nous mettre à l'abri.

Nous avions commencé à gravir la première montagne. Nous savions par expérience qu'un orage était dangereux.

De plus, la pénombre n'aidait en rien. Nous continuions notre progression.

La violence de la mini tempête nous prit par surprise. Nous évoluions le long d'une muraille de roche, mais malgré le petit bois nous n'étions pas à l'abri.

La pluie tombait avec violence, il nous fallait un refuge.

Nous nous plaquâmes contre la paroi, le bruit du tonnerre couvrait nos paroles.

Ashna vint vers moi.

— Astrée j'ai peut-être trouvé un endroit pour nous mettre en sécurité, me hurlait-elle pour couvrir le bruit de la fureur des éléments.

Immédiatement, je courus vers mon frère et lui annonçait la nouvelle.
Nous nous sommes regroupés, puis nous suivîmes Ashna.
Elle nous dirigea vers un épais buisson.
À notre surprise, elle se faufila et disparut.

Iart l'imita. Lui aussi n'apparut plus.

Un à un, nous nous engageâmes, je fus la dernière. Après quelques efforts, le passage était vraiment étroit. Une personne de très forte corpulence n'aurait jamais pu se faufiler.

Au bout de quelques instants nous débouchâmes dans une petite grotte. Le bruit de la tempête était pratiquement inaudible.
Ce qui signifiait que nous nous étions enfoncés sensiblement dans les entrailles de la Terre.

Nous pouvions à nouveau discuter normalement.

— Comment as-tu fait pour trouver cet endroit ? Demanda Iart à Ashna.

— Un pur hasard ! répondit-elle.

— J'ai voulu m'abriter dans le feuillage du buisson, soudain, je crus m'appuyer sur la paroi quand ma main rencontra le vide, et je basculai à moitié dans cet orifice. J'avoue, je n'aurais jamais cru que cette faille serait si profonde.

— A la bonne heure, nous sommes tranquilles pour l'instant, répliqua Iart.

Le calme s'installa, mes compatriotes s'endormirent, un après l'autre.

Je n'arrivais pas à m'endormir, je me remémorais le regard vitreux de Niakour et l'absence de ma mère et de mon père m'horrifiait. Je savais que je ne les reverrai jamais.

Comment tout cela avait-il pu basculer en un jour ?
Il y a une semaine encore, nous étions avec nos parents, nos amis, les gens du village. Aujourd'hui, nous étions seuls dans une grotte au milieu de nulle part.

Malgré toutes les pensées qui m'assaillaient, je finis par m'endormir.

Le matin arriva. Tout était redevenu calme au-dehors.
Iart fut le premier réveillé.
Il ne fut pas seul très longtemps. La faim nous tenaillait tous.

Il décida en compagnie de Namar de partir à la recherche de gibiers et nous conseilla de ne pas bouger d'ici.

Vus les derniers évènements, aucune objection ne fut émise.

Les deux jeunes hommes partirent, j'envisageai de visiter notre nouveau logement. À vrai dire, celui-ci n'était pas du tout confortable, le sol était parcouru de proéminences rocheuses coupantes. J'aperçus dans un recoin une petite faille. Celle-ci semblait plus profonde qu'elle n'y paraissait. Je m'y engageai. Il fallut que je m'accroupisse pour pouvoir continuer à avancer.

L'espace se rétrécissait pour finir en forme de siphon d'une hauteur approximative d'un mètre quarante.

Cet étranglement passé, je me retrouvais dans une vaste salle illuminée par une petite ouverture située dans la voute. Cette dernière s'élevait à une dizaine de mètre.

En face de moi, sorti du dessus de la paroi, un mince filet d'eau. Je m'approchai et me risquai à me désaltérer.

L'eau était fraîche. Après avoir bu à plus soif, je retournai auprès de mes amis. Cette découverte leur redonna du baume au cœur. Luminur me fit la réflexion aussi peu que ce soit, nous ne manquerions jamais d'eau.

Nous restâmes là, plongés dans nos pensées.
Nous étions inquiets cela faisait deux heures que les garçons étaient partis.

Au même moment, Iart apparut.

Son visage était souriant

— Venez vite, sortez ! nous demanda-t-il

Au-dehors, à ma surprise, mon frère était accompagné.
Un homme vêtu d'une longue tunique blanche se tenait à
ses côtés.
Cet individu était grand, mince et d'un certain âge. Son
visage était mat ce qui donnait à ses yeux une couleur
d'un bleu ciel éclatant.
Ces longs cheveux blancs couvraient ses épaules.

Il me faisait penser à un mage.

Iart nous expliqua qu'il avait rencontré cette personne
dans les bois.
Après lui avoir raconté notre malheur, l'inconnu lui avait
proposé de l'accompagner à son village.
L'homme se présenta.

— Je me nomme Philéas.

Du regard de cet étranger, émanait une gentillesse peu
commune.

Nous décidâmes d'un commun accord de suivre Philéas.

Nous n'eûmes jamais à le regretter.

Son village était perché au plus haut de la montagne.
L'homme sage nous indiqua qu'il se nommait Libbi āli, Il
ressemblait à ceux que l'on trouve au Maroc à la
différence de la couleur.

Un assemblage de maisons cubiques de couleur ocre foncé.

L'ensemble des bâtisses était entouré d'un mur de fortification en briques. Une centaine d'âmes y vivaient.
À l'approche du village, les lourdes portes en rondins de l'entrée s'ouvrirent.

Philéas leva la main pour saluer les plantons. Les deux gardes ne firent pas attention à nous.

Des enfants jouaient sur la petite place du hameau. À la périphérie de celle-ci, se trouvait un forgeron, plus loin s'affichait la devanture du boucher. Ce village semblait prospère et à la différence de ce qui fût le nôtre.
Une petite troupe d'hommes armés constituait la sécurité du petit bourg.

L'homme vêtu de blanc semblait être aimé des villageois et de plus, il paraissait faire partie des personnes les plus importantes du village.

Un homme de forte corpulence s'approcha. Il devait frôler la cinquantaine. Il était habillé d'un plastron en cuir ou se situait au niveau du plexus un cercle en métal de trente centimètres. Un large ceinturon à la taille refermait celui-ci tout en maintenant une épée enfermée dans un fourreau en métal ciselé. Je n'avais jamais vu pareil ouvrage.
Une jupe en lamelles de cuir couvrait ses cuisses, ses pieds étaient agrémentés de sandales en lanières du même matériel.

Il s'entretint avec notre protecteur. La discussion finie, il alla à notre rencontre.

— Je me nomme Imruka, je suis le chef du village. Philéas m'a raconté pour vos familles. J'en suis désolé, mais la vie continue. J'ai confiance au jugement de Philéas. Si vous le désirez, vous pourrez demeurer parmi nous. Bien entendu il vous faudra vous soumettre à nos coutumes et lois. De plus, vous devrez participer à la vie de notre village chacun de vous choisira une activité.

Philéas l'interrompit :

— Ne t'inquiète pas Imruka, pour l'instant je les prends en charge, si tu n'y vois pas d'inconvénients bien sûr.

Le chef acquiesça d'un hochement de tête.

L'homme en blanc nous invita à le suivre. Sans hésitation nous lui emboitâmes le pas.

Nous avançâmes dans ce qui semblait être l'allée principale. Si nous avions pu voir le village en vue aérienne, celui-ci aurait certainement ressemblé à un camembert entrecoupé par ses ruelles en ligne droite. C'était très avant-gardiste pour l'époque.

Après quelques minutes de marche, une bâtisse ressemblant à un petit palais cubique apparut.
La particularité de cette bâtisse était que contrairement à celles de son voisinage couleur ocre, celle-ci était de couleur blanche.

Nous franchîmes le seuil de la porte.

La demeure de notre ami se composait d'un jardin central circulaire à toit ouvert. Le point d'orgue était sa fontaine. Par quel miracle fonctionnait-elle ? Nous n'en savions rien.

De l'extérieur le palais était carré et de l'intérieur le centre était rotatoire. Toutes les pièces de vie se situaient autour de l'étole de verdure. Une fraicheur agréable y régnait. L'ensemble était très spacieux, assez pour nous héberger tous.

Ashna, Briol, Luminur, Namar, Alanis, Iart tous regardaient l'ouvrage d'un regard émerveillé. Notre village était confortable, mais totalement vétuste par rapport à tout cela.

— Eh bien mes enfants, allons ! Trouvez-vous chacun une pièce ne restez pas là à bailler aux corneilles.

Philéas tapa dans ses mains.

— Heliéna, Martou, Pongir, veuillez vous occuper de mes jeunes invités.

D'une coursive, trois personnes apparurent et immédiatement, s'occupèrent de nous.

Ce fut le début d'une nouvelle vie.

Les années passèrent, Philéas se révéla un savant hors pair. Tout l'intéressait. Du façonnage des métaux en passant par les plantes, la chimie et pour finir le monde minéral. De nos jours, il serait comparé à Léonard de Vinci, Thomas Edison, Einstein.

Nos vies allaient à nouveau basculer le jour où notre protecteur nous convia à une expérience.

Dix années avaient passé depuis notre rencontre.

Nous avions tous grandi, nous nous étions parfaitement insérés dans notre nouveau lieu de vie.

Nous n'avions jamais oublié l'horreur qui nous avait enlevés à nos proches. Mais comme l'avait dit Imruka.
« La vie continue. »

Nous devînmes Iart et moi-même, les enfants adoptifs de Philéas.
Il se comportait en vrai père pour nous.
Il nous enseigna, sans restriction tout son savoir. Nous permettant d'épouser les postes de guérisseurs du village.

Briol devint forgeron, comme l'avait été son père jadis !
Il épousa Ashna et vivait heureux.

Luminur, lui, sa timidité n'avait pas été son alliée.
Cependant, l'agriculture n'avait plus de secret pour lui.
Malgré son allure gauche, il se débrouillait.
Ses rondeurs ne l'avaient pas quitté.

Namar, tout naturellement, embrassa une carrière de soldat. Son courage et son habileté aux métiers d'armes le promurent officier.

Alanis demeura toujours aussi belle.

Elle épousa un riche notable et filait le parfait amour.

Cependant, nous restions tous toujours attachés, à Philéas. Sans lui, nous n'aurions probablement pas survécu.

Quand ce dernier voulait nous faire part de ses découvertes, nous étions toujours tous présents.

Un lien fraternel s'était tissé au fil des ans.

Nous nous trouvions dans la fameuse grotte dont Ashna avait fait la découverte jadis.

D'ailleurs, la caverne avait été aménagée depuis.

Elle servait de laboratoire secret à notre savant.

Il avait souhaité trouver un endroit retiré pour poursuivre ses recherches.

Pour y accéder, il fallait toujours passer par la faille, mais un rocher barrait l'entrée de la seconde enclave. Seuls les initiés, dont nous faisions partie, pouvaient faire apparaître l'ouverture.

Le sol avait été dallé de marbre de trois couleurs différentes. Vers l'entrée, celui-ci était blanc, au milieu verdâtre et contre la paroi du fond, bleu.

La petite source qui s'écoulait de la cloison avait pour écrin un bol de mêmes matériaux que le sol. Celui-ci était *placé à environ trois mètres de hauteur. Il débordait sans cesse créant ainsi un effet artistique des plus beaux.*

Le liquide continuait sa course vers le sol, canalisé par une rainure creusée à même le marbre et finissait sa course dans une petite faille.

L'antre avait pour aménagement tables, chaises et ustensiles scientifiques.

Les quatre parois étaient dotées de flambeaux diffusant leurs lumières.

La caverne était beaucoup plus grande que ce que nous aurions pu croire et nous avions découvert d'autres salles creusées dans la roche.

Nous étions tous réunis autour de l'établi.

Philéas avait trouvé par hasard quelques années auparavant, une pierre bleue ressemblant à un morceau de diamant brut. Sa densité était telle qu'il lui avait fallu cinq années pour la tailler en forme d'une goutte à facettes

Nul ne sait de quelles origines était issu ce minerai.

Cependant, il possédait des propriétés déconcertantes.

Si l'on prenait en mains le bijou, une agréable chaleur nous envahissait et des picotements parcouraient notre corps.

Quant au feu, il n'avait aucune prise sur lui. Il ne pouvait altérer sa structure.

Philéas nous donna la raison de cette réunion.

Il venait de faire une nouvelle découverte.
La pierre ne réagissait pas aux flammes, mais à sa grande surprise, à l'eau mélangée à de la poudre d'or.

Il nous raconta que c'était en essayant d'embellir son bijou qu'il fit cette découverte.

— Regardez ! nous dit-il.

Il avait quelques difficultés à cacher son enthousiasme.

L'œuvre d'art se trouvait sur la table face à lui.
Nous l'entourions au mieux afin d'observer.

D'un récipient il prit une pincée de paillettes d'or qu'il répandit sur le minerai et de l'autre méticuleusement et prudemment il leva un gobelet empli d'eau, le posta au-dessus de son œuvre afin de verser une infime quantité de liquide.

Luminur ne voyant pas très bien, avança, mais trébucha sur un tabouret. Il bouscula Philéas et ce dernier déversa la totalité du gobelet

La réaction fut immédiate.

Une lumière bleue éblouissante fit son apparition. La clarté était insoutenable.
Soudain, un souffle nous projeta tous contre les parois. Tout se déroula en un éclair et dans un silence total.
Je portai la main à ma tête, je sentis du sang couler de mes oreilles et de mon nez.

« Qu'avons-nous fait pensai-je ? » *Ce fut mes derniers moments de lucidité. Je m'évanouis.*

Par après, je me rappelle un immense froid, puis une chaleur insoutenable, des maux de tête terribles.
Mon cerveau semblait se disloquer, se reconstruire plusieurs fois de suite. La douleur était atroce.
Chaque particule de mon corps n'était que souffrances infernales.
Je ne sais combien de temps tout ceci a duré.

Soudain, tout se calma et je sombrai dans un rêve dans lequel un kaléidoscope de couleur ne cessait de me fasciner.

Je sentis ma tête bouger de droite à gauche. Je résistais, mais rien n'arrêtait ce balancement.

J'ouvris les yeux, et j'aperçus mon frère qui me tapotait les joues.

— Sœurette, ça va ?

J'eus du mal à reprendre mes esprits. Ils étaient tous autour de moi.

135

Iart prit mon bras et m'aida à me relever.

Je n'aperçus pas mon père adoptif.

— *Phileas !* m'écriai-je.
— Ne t'inquiète pas, il est là, il reprend ses esprits.
Me rassura mon frère. Alanis est auprès de lui, calme-toi.

— *Que s'est-il passé ?* Lui demandai-je.

Brusquement, je remarquai que la grotte avait changé. Elle était magnifique. De fins cristaux bleus lumineux étaient insérés dans les parois ainsi qu'au plafond. On aurait dit un ciel étoilé.

La déflagration avait morcelé le cristal et ses fragments avaient pénétré la roche.
Le rayon de soleil perçant la voute à travers l'ouverture supérieure accentuait l'éclat.

Brusquement, je m'aperçus que les habits de mes amis ainsi que les miens étaient tous maculés de sang.
Je m'empressai de regarder à l'intérieur de ma toge, à ma surprise aucune blessure.
Pourtant à voir les débris, il était impossible que nous ayons pu les éviter.

Je me précipitai aux côtés de Philéas afin de m'enquérir de sa santé.

— Ça va ma petite fille, ça va ! me dit-il.

Nous fûmes interrompus par un éclat de voix.

Namar s'en prit à Luminur :

— Tu ne pouvais pas faire attention !

Le pauvre Luminur ne disait rien, il regardait le sol.
Philéas s'en mêla.

— Il suffit ! cria-t-il en direction de Namar.

— Il aurait pu tous nous tuer ! répliqua l'homme d'armes.

— Je suis le seul responsable ! rétorqua le savant.
Nous nous aperçûmes qu'il avait été beaucoup plus éprouvé que nous.

Namar pesta.

Notre vieil ami se releva avec difficultés, je mis mon bras autour de sa taille afin de l'aider.

Le silence s'installa.

Aucun de nous ne put se douter à quel point ce jour venait de changer notre destinée.

Sans le savoir, nos chemins venaient de se souder inéluctablement et plus tard donneraient naissance à la confrérie de la lumière bleue en souvenir de cette journée.

Notre petit groupe sortit de la caverne et prit la direction du village.
Nous n'étions pas au bout de nos surprises.

Le Serment

La lumière du ciel artificiel décorant le plafond illuminait le visage de Josh. Il avait écouté le récit d'Astrée sans sourciller.

La nuit était déjà bien avancée.

La comtesse interrompit son récit afin de se désaltérer. Elle se dirigea en silence vers une des colonnes d'ornement.
En passant, elle attrapa deux verres en cristal posés sur un guéridon.

Elle approcha sa main de l'ouvrage en pierre, aussitôt une ouverture se fit et un filet d'eau s'écoula dans le récipient. Elle répéta le geste pour la seconde coupe.

Elle revint vers Josh et lui tendit le breuvage. Elle le regarda tendrement, son air mélancolique ne l'avait pas quitté. Elle lui caressa la joue affectueusement. Josh lui rendit un tendre sourire, mais ne dit mot.

La comtesse retourna à l'emplacement près du canapé, but deux gorgées, posa le verre à ses pieds et continua son récit.

Nous arrivâmes au village, nos habits malmenés firent se précipiter certains villageois à notre rencontre.

Philéas m'inquiétait, le regard fixe, il avançait devant lui sans se soucier de l'attroupement qui était en train de se créer autour de nous.

Imruka fit irruption :

— Que vous est-il arrivé ? *Demanda-t-il.*

— Oh ! Un petit incident de parcours sur une expérimentation. *Répondit laconiquement le savant.*

Luminur marchait à ses côtés, il ne savait que faire pour se faire pardonner. Namar s'était calmé.

Ashna et Briol avançaient en se tenant enlacés.

Mon frère et moi entourions l'ancien.

— Dispersez-vous ! *Ordonna le chef du village à l'adresse des badauds.*

Notre petit groupe arriva devant la maison du savant.

Nous y pénétrâmes tous.

A l'intérieur, Philéas nous invita à le suivre dans ce qui servait de salon.

Nous prîmes place.

Notre ami restait pensif puis prit la parole :
— Comment vous sentez-vous les enfants ?

Chacun de nous à tour de rôle répondit que tout allait bien.
Le savant fit venir des rafraichissements.

Il enchaîna :

— J'ai été exposé en plus grande partie que vous à la lumière bleue. Tout au long de notre marche, j'ai senti dans ma tête comme un vrombissement incessant.
Au fur et à mesure de mes pas, ces sons sont devenus de plus en plus nets.
Mes chers enfants, au début je ne pus y croire, mais…

L'homme aux longs cheveux blancs fit une pause.
Puis il continua son allocution.

— Je disais, au début je ne pus y croire, mais il fallait bien que j'accepte ceci. Le vrombissement se transforma en paroles, mes enfants. Vos paroles. Ou plus exactement vos pensées.
Je sentis la fureur de Namar, la culpabilité de Luminur.
Mon cher Luminur, je t'en prie enlève cette idée que tu es un incapable. Dans ce monde nous sommes tous capables. Pour certains, il faut plus de temps c'est tout.
Quant à toi Namar, chasse la fureur qui est en toi ou celle-ci te détruira.

Le domestique apporta les rafraichissements. Ce dernier posa le plateau. Phileas tendit son bras, qu'elle fut notre stupeur de voir le gobelet sauter dans sa main.
Notre protecteur sembla aussi surpris que nous.
Prenant conscience de son geste, il reposa le verre et nous demanda de le laisser seul.
Ce que nous fîmes.

Philéas resta prostré chez lui plus de huit semaines. Il ne désirait voir personne. Même Imruka ne put le rencontrer.
Nous devenions chaque jour plus inquiets à son sujet.

L'automne commençait à pointer son nez. Je m'étais absenté pour cueillir des herbes.
A mon retour, quelle ne fut pas ma surprise de voir ce matin-là, Philéas se promener dans l'allée principale du village !
Il était estimé de tous. Tantôt le poissonnier vint le saluer puis se fut le tour du forgeron.
Tous les corps de métiers vinrent à lui.
Notre ami semblait radieux et en pleine forme

Il m'aperçut et se dirigea immédiatement vers moi.

— Ma fille ! s'exclama-t-il.

Il m'embrassa affectueusement sur la joue, tout en m'invitant à le rejoindre derrière la maison du forgeron.
Il m'inquiétait.

— Donne-moi la main, me dit-il.

Je lui faisais confiance, j'obtempérai. Soudain, un léger tourbillon envahit mon esprit, le village s'estompa et nous fûmes transportés au sommet d'une falaise près d'une mer qui m'était inconnue.

Je pris peur. Je demandai à Philéas quel était ce prodige.

Il me regarda d'un air plein de compassion.

— Ma petite fille, mes semaines de reclus ont été mises à profit pour observer et apprendre à me servir des nouvelles facultés qui venaient à moi. Je pense que la lumière bleue n'a pas fait qu'embellir une grotte. Elle a porté à la perfection mon esprit et mon corps.

Il ouvrit sa toge. Ce n'était plus un corps usé qui apparut, mais bel et bien l'anatomie d'un homme de vingt ans passés.
Je n'avais pas prêté attention, son visage était devenu plus lisse, plus joli.

Ne faisant pas cas de ma stupéfaction, il enchaîna.

— Je pense que le processus va être le même pour vous, mais dans un laps de temps plus élevé. En effet, ayant été irradié en majeure partie, je fis écran et de par cela le rayonnement fut moins puissant à votre égard.

Il se retourna, regarda la mer et ouvrit ses bras comme s'il avait voulu l'empoigner et d'une voix passionnée.

— Aujourd'hui, mon esprit est capable de me transporter instantanément à l'endroit désiré. Je suis capable de déplacer des rochers énormes simplement avec la force de ma concentration, je peux guérir et si je le désirais…

Son regard s'emplie d'une grande tristesse.

— Je peux même tuer.

Le grand façonneur nous a fait un cadeau inestimable, Astrée. Nous devons le mettre au service de l'humanité.

Il m'attrapa la main, avant même que je puisse réagir nous étions à l'intérieur de son salon.

— N'aie pas peur ma fille, je veux que tu réunisses tes frères et sœurs et que tu me retrouves ce soir dans la grotte bleue, à la tombée du soleil.

— Dans la grotte, mais c'est peut-être dangereux ?

— Non ne t'inquiètes pas. Je vais m'absenter, fais ce que je t'ai dit et à ce soir. Ne parle pas de ce que tu as vu pour l'instant.

Il disparut, je restai seule au milieu de la pièce.

Malgré ma stupeur, j'exécutai la volonté de Philéas. Ce fut sans difficulté que je pus réunir la petite troupe dans la caverne le moment venu.

Celle-ci parée de ses milliers d'étoiles bleues était magnifique. Nous avions l'impression que chaque éclat avait sa propre lueur. C'était un spectacle féerique.

Nous fûmes surpris de voir que l'aménagement de celle-ci avait changé. Les meubles de rangement subsistaient, mais la grande table avait disparu.

Seuls restaient des sièges massifs taillés dans la pierre.
Ceux-ci étaient disposés de manière à former un cercle.
Tous étaient identiques.
L'anneau formé était de taille conséquente. Il avoisinait
les trente mètres de diamètre.

Nous nous installâmes chacun dans un fauteuil. Il y en
avait un pour chacun de nous. Notre nom était gravé
dans le dossier.

Un bruit sourd se fit entendre, Philéas venait
d'apparaître au milieu du cercle.

La stupéfaction se lisait sur tous les visages des convives.

Un silence pesant s'installa. Philéas souriait.

— Eh bien, Mes enfants on jurerait que vous venez de
voir un fantôme !

Je ne dis mot, je laissai les évènements se dérouler.
Iart se leva de son siège, s'agenouilla devant l'homme
vêtu d'une aube blanche.
«Maître » *laissa-t-il échapper de ses lèvres.*

Tous en firent de même. Moi, y compris.
Un profond respect envers Phileas nous avait envahi. Il
nous semblait naturel d'agir ainsi.

— Allons, allons ! Relevez-vous mes enfants !

A la parole, il joignit le geste. Il nous releva tous.

— Ce jour est un grand jour, *continua-t-il.*

— J'ai beaucoup réfléchi, il n'y a pas de hasard. Nous avons été choisis pour accomplir une destinée. J'ai décidé de créer la confrérie de la lumière bleue.

Il se dirigea vers un meuble et en sortit sept aubes blanches.

— Mettez ceci *!*

Nous nous exécutâmes.

Après quelques minutes, nous étions toutes et tous habillés à l'identique.

Philéas renchérit :

— J'ai décidé de vous enseigner la façon d'utiliser vos dons. Cela prendra du temps, mais comme vous pourrez le constater par vous-même, ce dernier nous est donné à profusion.
Venez tous près de moi et tendez la main !

Nous étions, debout à former un cercle, nos bras se tendirent rejoignant en point central, la main de Philéas. Vue de haut cela ressemblait à une roue à rayons.

— Répétez après moi !

— Je jure solennellement qu'à partir de ce jour.

Nous faisions écho.

— De protéger les faibles de la tyrannie, d'intervenir en faveur de la veuve et de l'orphelin, de n'utiliser en aucun cas nos pouvoirs à des fins personnelles. D'accepter d'apporter notre secours et de guérir les êtres ayant pour concept de vie, la bonté et la bienveillance.

De n'utiliser la force qu'en extrême nécessité.

En aucun cas, influencer les esprits de nos contemporains dans un but de convoitise matérielle.

Si l'un d'entre nous renie ces principes, il sera considéré comme renégat.

De par ce fait, les membres de notre confrérie devront sans façon équivoque, mettre un terme aux activités de ce dernier.

Le silence fut de mise.
Le maître de cérémonie ajouta :

— Si pour quelques raisons que ce soient l'un de vous refuse ce serment qu'il avance devant moi, aucun mal ne lui sera fait.

Pour les autres frères, que cette doctrine devienne votre raison d'exister. Je peux vous promettre une chose, nous allons mener une aventure de vie qu'aucun mortel n'a eu la chance de connaître.

À partir de ce jour, nous restâmes aux côtés de notre mentor.

Chacun de nous avait cessé son activité au sein du village.

Nous suivions, tous sans exception, l'enseignement de Philéas.

Chaque journée nous réservait son lot de découvertes et de déceptions.

Le savant appelait son enseignement « la science de l'esprit ».

Nous apprenions la télékinésie, la télépathie.
Ces deux matières malgré les apparences, furent des plus faciles. La téléportation et le don de guérir furent très difficiles à développer.

Philéas avait acquis une maîtrise absolue de son art.
Pour des raisons de discrétion, nous avions décidé d'un commun accord de nous retirer en dehors de la vie commune des personnes que nous appelions à présent les mortels.
Au départ nous restions discrets et dissimulions nos pouvoirs. Mais au fur et à mesure que nous dispensions nos prodiges dans le domaine de la médecine. Les cas de guérisons furent attribué à la magie et le bruit finit par courir que nous étions des divinités.
Des temples furent érigés en notre honneur.

Certains se mirent à nous vénérer. Bientôt une multitude de temples virent le jour. Tantôt à l'effigie de Philéas, tantôt à la mienne puis à celle de mes frères.
Dans certaines contrées, il existe encore quelques ruines de ces lieux de vénérations.

Puis les statues firent leurs apparitions ainsi que les offrandes
De plus, le fait qu'aucun de nous ne vieillissait, accentuait l'effet de déification.

S'en était trop pour Philéas. Avec notre accord, la grotte bleue était devenue notre refuge. Nous avions décidé de vivre cachés aux yeux du monde. Du moins pendant un certain temps
Notre disparition alimenta les légendes.

Pour quelle raison, encore je l'ignore, mais la pierre bleue nous avait offert des dons prodigieux, mais le plus prestigieux de tous était l'immortalité.
Les années passèrent ou plutôt les siècles. La nature n'avait plus de prise sur notre enveloppe charnelle.

Nous vivions en paix, notre refuge était un havre de sérénité.
Il était aménagé en immeuble troglodyte.
Par télékinésie, notre Maître à tous avait réalisé un prodige. Le centre de la roche avait été creusé de façon à créer un petit jardin interne et aux alentours avaient été aménagés les appartements de chacun. L'ouvrage avait à l'identique les principes architecturaux de l'ancienne demeure de Philéas.

Ce petit paradis, hélas, ne put nous préserver de ce qui allait arriver.

Philéas devenait de plus en plus mélancolique, Jamais il ne voulut se confier sur les raisons de cette tristesse.

Après quelques décennies nous décidâmes à nouveau et, d'un commun accord, de participer à la vie des mortels.

Nous prenions soins de rester très discret à propos de nos dons surnaturels. Nous ne voulions pas commettre deux fois la même erreur.

Nous connûmes l'apogée de la civilisation grecque. À cette époque notre ami aux cheveux blancs avait grandement contribué aux progrès techniques de cette grande culture. Il côtoya les plus grands savants ainsi que les plus grands artistes. Ce fut l'âge d'or pour notre ami.

Il vivait heureux jusqu'au jour où il se prit d'amitié pour un jeune général romain « Caius Julius ».

Tout en cachant sa nature à son nouvel ami, Philéas se décida d'aider ce jeune impétueux. Je t'avoue, pour quel motif je l'ignore.

Cependant, malgré sa grande expérience, le jeune militaire abusa de la confiance de son vieil ami.

Grâce aux conseils de Philéas, le jeune général, qui sous le couvert d'unifier toutes les régions afin de pouvoir diffuser la philosophie de Philéas, réussit le tour de force de prendre possession des armées de sa contrée « Rome ».

Profitant de la faiblesse d'Athènes due à ses querelles politiques. Il envahit la ville et mit fin à la suprématie de la Grèce antique. Mais ce général ne s'arrêta pas en si bon chemin. Il devint empereur et imposa sa dictature sur le monde antique et au-delà.

Sa dictature s'acheva par son assassinat.

Entre temps, Philéas s'était à nouveau prostré dans la grotte bleue. Je fus une des seules personnes à pouvoir encore m'entretenir avec lui.
Quand je le vis, il était allongé, regardant le plafond.
Sans même me regarder, il me confia :

— Tu sais ma belle, je ne vous ai pas tout dit. Contrairement aux apparences, nous ne sommes pas immortels. Notre métabolisme ne se dégénère pratiquement pas, mais ceci ne nous met pas à l'abri d'un coup fatal.
Nous pouvons mourir de deux façons. Par décapitation, encore faut-il que notre ennemi puisse nous approcher. Chose impensable à ce jour.
Ou par notre volonté.

— *Comment cela ? Lui demandai-je.*

Il continua :

— Si nous décidons de par notre volonté de partir, nous le pouvons.
Je me suis parjuré, Astrée. En voulant construire un monde de paix, je l'ai précipité dans des bains de sang.

J'essayais de le réconforter.

— *Père, d'un geste tu peux tout arrêter, d'un battement de cils, tu es capable de faire fléchir la plus puissante des armées. Pourquoi ne le fais-tu pas ?*
Les larmes coulaient de ses yeux.

— Ma tendre enfant, si je le faisais, qui m'arrêterait.

Si demain, je décidais de régner sur ce monde en despote.

Aucun de vous n'aura la puissance nécessaire pour retenir ma main.

La pierre bleue fut une chose magnifique, mais hélas, même si j'ai les pouvoirs d'un dieu, je ne puis rendre sage l'humanité.

Regarde-les avec leurs armées, ils s'entretuent pour un morceau de pain, pour de l'or, pour une femme ou tout simplement par goût du pouvoir.

Je ne puis plus supporter cette barbarie.

Ils en arrivent à organiser des jeux où le plaisir et de regarder des êtres humains se faire déchiqueter par des lions.

Mon enfant, en vérité je te le dis, l'humanité est encore au stade animal, mais moi je refuse de continuer à vivre parmi ces assoiffés de sang.

Six bruits sourds se firent entendre.
Ashna, Briol, Luminur, Namar, Alanis, Iart firent leur apparition.

— *Qui y a-t-il père ? demandèrent en cœur les visiteurs.*

— Mes enfants, j'ai décidé de vous quitter. Il est temps pour moi de rejoindre mes pairs.

Je vous ai tout enseigné, sauf une chose, mais Astrée vous expliquera.

Les derniers évènements ont eu raison de moi.

Luminur prit la parole :

— Mon Maître, qu'allons-nous devenir sans toi ?

Philéas agita sa main devant son visage comme pour chasser un insecte imaginaire.

— Il est temps de prendre votre envol. Mais je vous interdis de vous immiscer dans les affaires des hommes. Ne soyez pas naïfs et fous comme je l'ai été. J'ai enfreint notre code de confrérie et la sentence s'applique également à moi.
C'est par vanité et désir personnel que j'ai aidé ce monstre. Je me suis pris pour Dieu. Je voulais que de partout dans le monde, on applique la philosophie de Philéas. Quel fou ai-je été ? »

Il s'en prenait à lui-même.

Il se leva soudainement et se dirigea vers chacun de nous.

— Ma décision est inéluctable. *Dit-il.*

Il posa un baiser sur le front de chacun et mit sa main sur le dessus de nos têtes en signe de bénédiction.
Il reprit la parole. Tous, nous pleurions.

— *Ne vous mêlez en aucun cas des affaires des hommes. Je vous l'interdis. Vous devez suivre à la lettre notre doctrine.*

Ses yeux regardèrent le sol, puis son regard embrassa l'ensemble de la grotte comme pour s'imprégner une dernière fois des lieux.

Des larmes coulèrent le long de ses joues, son regard bleu étincelait.

— Je vous aime ! lança-t-il.

La caverne fit écho.

Philéas s'écroula au sol, et au même moment, son corps se transforma en poussière.
Un courant d'air venu de nulle part balaya cette dernière.
Seule l'aube blanche resta à terre.

Notre Père, notre maître de vie s'en était allé nous laissant seuls dans ce monde de barbarie.

Nous ne purent réprimer nos pleurs.
Ashna, Briol, Luminur, Namar, Alanis, Iart et moi-même étions inconsolables.

Mais la vie reprit le dessus.
Nous étions loin de nous douter de la toile que tramait le destin à notre égard.
Chacun de nous allait bénéficier d'un traitement particulier, à notre mesure.

La disparition de Philéas fut une dure épreuve pour nous tous.

Son souvenir était toujours vivace, et il n'y avait pas un jour où je ne pouvais m'empêcher de penser à lui.
Encore aujourd'hui il est présent dans mon esprit.

Nous avions à nouveau tous prêter serment et en l'honneur de notre Maître, nous nous obligions à nous revoir au moins une fois dans l'année.
Ceci se fit sans faillir pendant de longs siècles.
Mais au fil du temps, un par un, nous allions succomber à nos épreuves.

Deux siècles plus tard, les premiers furent Ashna et Briol.

Le temps avait eu raison de leur amour, mais pas de leur jalousie. Ashna surprit son mari avec une jeune femme. Folle de rage, avant que Briol ne puisse réagir, sa tête fut arrachée à son corps ainsi que celle de sa maîtresse. Ashna venait d'utiliser la télékinésie.

Après avoir réalisé son geste, elle se rendit compte de l'atrocité qu'elle venait de commettre.
Elle mit immédiatement fin à ses jours.
Deux autres siècles s'étaient écoulés.

Ce fut le tour de Luminur. Il s'était détourné de la doctrine.
Il s'était mis à mener une vie de débauche.
Vins, orgies et plus encore étaient son quotidien.
Il usait de ses dons pour profiter, au détriment de tout humain, des plaisirs terrestres.

Nous essayâmes de le raisonner, mais rien n'y fit.

Ce fut une décision qui ne nous enchanta guère. Mais nous devions l'arrêter.

Un soir, nous nous téléportâmes dans son palais. Il ne nous vit pas apparaitre. À son habitude il s'adonnait à tous les vices. Les plus inavouables.
Alanis, Iart, Namar et moi-même appliquâmes la sentence.
Il n'eut pas le temps de s'en apercevoir. Namar donna le coup fatal.
Il faut comprendre que les siècles n'ont pas la même durée pour nous que pour les mortels.
Cent ans pour nous, équivalent à une vingtaine d'années pour vous.

Nul ne peut imaginer le poids de l'immortalité.
Un à un, les êtres que tu côtoies disparaissent. Un à un les êtres que nous aimons s'en vont immanquablement.

Alanis ne supportait plus cet état de fait.
Elle sombra dans une mélancolie qui n'en finissait plus.

Iart, Namar et moi lui rendions souvent visite. Elle était là, toujours aussi belle et pourtant son goût de vivre avait disparu. Elle avait quitté les villes et les mortels pour vivre une vie d'ascète à l'intérieur de la grotte.

Ce qui devait arriver, arriva.

Je me trouvais à Lutèce quand je sentis son malaise.

La pierre bleue avait tissé un lien perpétuel entre ses irradiés. Si l'un de nous n'allait pas bien ou pire, nous le sentions.

Ce fut le cas ces jours-là. Je m'empressais de me téléporter à ses côtés, mais en vain. À mon arrivée elle avait cessé de vivre. Elle était allongée sur sa couche. Elle n'avait jamais été aussi belle. Enfin, elle avait trouvé la paix que nous n'avions plus.
Pour quelles raisons, je l'ignore, mais Iart, Namar et moi-même n'avions pas de difficultés à vivre au milieu des mortels.
Notre don de téléportation nous permettait de vivre dans plusieurs endroits en même temps.
J'affectionnais plus particulièrement Alexandrie. Je fus à l'origine du développement culturel.
Mais vers 380 après Jésus-Christ, la bêtise humaine frappa à nouveau. La bibliothèque fut détruite et la ville qui fut le phare des sciences plongea dans l'obscurantisme religieux.

Malgré nos déplacements multiples, mes frères et moi nous nous retrouvions souvent dans notre sanctuaire.
Parfois nous évoquions les temps bénis avec Philéas.
Nous échangions nos avis. Tantôt l'un racontait l'aide portée à des villageois pour leur enseigner la culture des céréales. Tantôt l'apport de son savoir en médecine à certains savants.

Nos regards s'étaient portés vers Byzance, l'actuelle Istanbul. Nous restâmes un siècle.

Les batailles incessantes eurent raison de mon attachement à cette ville.
Nous migrions tout naturellement vers l'Europe actuelle.
Plus précisément la Bretagne.
À cette époque, nous fûmes séduits par un jeune écuyer.

Avec l'accord de Namar et Iart, je décidai de prendre l'enseignement du jeune homme en main.
Malgré la fin tragique.
Mes espoirs furent récompensés. Il devint un roi merveilleux.

Son nom « Arthur ».
Sa légende est évoquée de nos jours.

Ce fut notre plus grande réussite.

Les siècles passèrent jusqu'aux environs de 1600.

Nous nous efforcions malgré les difficultés rencontrées d'être fidèles au précepte de notre Maître.

Nous nous étions mis à faire commerce, nos dons de téléportation nous permirent d'importer des épices rares de tous pays sans aucun coût.

Tout naturellement, nous avions fait l'acquisition d'un palais au centre de Venise. Capitale du commerce à cette époque.

En peu de temps, nous nous sommes retrouvés à la tête d'une fortune colossale.

Grâce à cet argent, nous pûmes créer des fondations caritatives. Nous fîmes construire des hôpitaux dans tous les endroits civilisés de l'époque.

Notre secret était bien gardé et nous avions trouvé un équilibre de vie à travers cette civilisation.

Ce siècle fut décisif.
Dans notre insouciance, nous ignorions qu'un nouveau tournant tragique pointait à l'horizon.

La confrérie allait à nouveau s'ébranler.

La Déchirure

Josh était pendu au récit de la comtesse. À aucun moment, il n'eut envie de l'interrompre.

Astrée porta à nouveau la coupe à ses lèvres puis continua son histoire tout en reposant le verre.

Je disais, nous étions de plus en plus présents à Venise. Nos affaires étaient florissantes.

De temps à autre, nous nous mêlions, à travers des soirées mondaines, aux personnes les plus influentes de l'époque.

Un soir, Iart fit la connaissance de la duchesse de Panini.
Elle était d'une splendeur et d'une élégance à couper le souffle.
Elle était de taille moyenne, ses toilettes étaient splendides. Ses yeux verts auraient hypnotisé n'importe quel homme.
Ses cheveux tombaient sur ses épaules à la manière d'ailes de corbeaux. Sa bouche avait la couleur des plus belles cerises. Son teint était aussi mat que Namar.
Quant à son corps, mis en valeur à travers sa robe à crinolines, présageait une beauté égale à son visage.

J'étais présente à leur rencontre.

Au premier baise-main, le coup de foudre fut immédiat.

Leurs yeux s'enflammèrent.

Au fur et à mesure que le temps passait, Iart nous délaissait ainsi que ses activités.
Son absence brillait au sein de la grotte bleue.

La duchesse était libre et mon frère, un très bon parti pour les parents de cette dernière.

Avec l'aide de Namar, j'essayai de le dissuader, de rompre cette idylle, car elle ne mènerait à rien.
Il ne voulut rien entendre et nous mit en garde que rien, ni personne n'arriverait à s'opposer à leur union.

Les semaines passèrent. J'étais dans mes appartements quand Iart apparut. Il était fou de joie.

Il me prit par la taille et me souleva en me faisant tournoyer à la manière d'un danseur de valse.

— Je me marie, me *dit-il.*

Je le félicitai, que faire d'autre. Rien ni faisait.

Namar et moi fûmes ses témoins. La messe se déroula à la cathédrale de San Pietro di Castello où réside le trône de saint Pierre à Venise.

Selon les ordres donnés par mon frère, le lieu religieux croulait sous les fleurs. La cérémonie était digne d'une reine et d'un roi.
Le repas dura vingt-quatre heures, des centaines de convives profitaient des largesses de Iart.

Ce fut une fête inoubliable.

Namar regardait tout cela d'un mauvais œil. Mais il ne disait mots.

Les deux amoureux avaient pris possession d'un grand palais non loin du nôtre.

La duchesse Panini, Carla Maria de son prénom, vivait un conte de fées. Les moindres de ses désirs, mon frère s'empressait de les exaucer.

Nos relations étaient excellentes entre nous. De temps à autre, nous allions dîner ou séjourner chez notre couple de tourtereaux.

Mon frère lui avait caché sa véritable nature.
D'ailleurs, nous n'utilisions jamais nos pouvoirs en présence de mortels.

Les années passèrent le couple s'aimait comme aux premiers jours.

Les années s'écoulèrent et le temps commença à faire son office sur la personne de Carla Maria.
Cependant, Iart n'était aucunement dérangé par cela.
Il l'aimait et cela lui suffisait.
Mais advint ce qui arriva après l'âge mûr survint la vieillesse. Quant à mon frère, bien entendu, il restait toujours jeune.
Par chance, son épouse avait très peu de famille. Elle était la dernière de sa lignée.

Par commodité, et pour éviter les questions sur sa jeunesse par l'entourage, Iart décida de s'exiler avec l'objet de son amour à l'île de Malte.

Il vendit tous ses biens et quitta Venise.

Carla Maria s'affaiblissait de jour en jour.

Cinquante années avaient passé depuis leur première rencontre.

J'admirais mon frère.
Il était toujours prévenant avec son épouse.
De temps à autre, je le surprenais à lui caresser ses longs cheveux gris et lui déposer un tendre baiser.

Mon cœur se brisait de voir mon frère éprouver une telle souffrance.

Mais, il resta jusqu'au bout auprès d'elle.

Une nuit, Namar et moi avions ressenti que notre frère n'allait pas bien. Nous apparûmes à ses côtés dans sa chambre.
Carla Maria était allongée dans le lit, elle agonisait.
Iart lui tenait la main.

Nous pouvions guérir nos proches des maladies, mais hélas, pas de la vieillesse.

Les amants s'échangèrent des dernières paroles dans un murmure.

Un soupir se fit entendre, Carla Maria n'était plus.

Mon frère hurla de douleur. Il se débattait, ses bras enlaçaient ce corps sans vie.

— Carla-Maria, ne me laisse pas ! *Hurlait-il.*

Nous ne savions que faire pour le consoler.

Il s'en prit à nous. Nous ne répliquions pas et nous finîmes par le laisser. La douleur l'égarait.
Néanmoins, Namar se proposa de rester au cas où Iart aurait besoin d'aide.
Je me proposai de venir le deuxième jour.
À tour de rôle, nous veillions sur notre frère.

Le jour des obsèques arriva.
Ce fut un grand enterrement. Iart avait fait décorer la Cathédrale St Jean. Ce fut momentanément un mausolée à fleurs de toutes sortes.

À partir de ce jour, Iart se mura dans un mutisme complet.

Les semaines passèrent.
Mon frère ne sortait que rarement.
Il passait la plupart de ses journées à errer dans son château.

Cependant, lors d'une de ses rares sorties, il fit la connaissance du comte de Galiostro.

Alchimiste, adepte des sciences occultes, certains disaient de lui que cet homme était un escroc.
Il avait parcouru toutes les cours d'Europe.

Les deux hommes se prirent d'amitié.

Le noble se nommait également Giuseppe Balsamo.
Iart et Giuseppe devinrent inséparables.

Au début, je trouvai que cela était une bonne chose, jusqu'au jour où je découvris qu'il pratiquait des rituels occultes.

La finalité est que mon frère essayait par tous les moyens de faire revenir Carla-Maria.

Il était prêt à vendre son âme pour cela.

J'avoue que je ne prenais pas très au sérieux ces pratiques.

Mais voilà. Iart n'était pas un simple mortel et ses dons alliés aux sciences de l'ombre allaient devenir dévastateurs.

Je ne reconnus plus mon frère.
Lui si aimant, serviable, joyeux, rien de tout cela ne subsistait en lui. Seule une haine inextricable demeurait.
Des rumeurs de sacrifices humains nous parvinrent aux oreilles.

Namar et moi décidâmes de mettre fin à ses agissements, tout au moins de le raisonner.
Galiostro s'en était allé, mais le mal était fait.

Vingt années s'étaient écoulées depuis la mort de la comtesse Panini.

Mon frère d'armes et moi apparûmes dans la demeure de Iart. Plus précisément dans son salon.

Il semblait nous attendre.

Mon frère était assis dans un fauteuil en cuir de type espagnol. L'armature était en bois massif et la sellerie façonnée en cuir de vachette coloré en jaune.

A la main, un verre magnifique en cristal qu'il agitait machinalement,. Iart semblait bercer le liquide de couleur ambré emprisonné dans sa cage de verre.
Il était tout de noir vêtu.
Son aube accentuait l'apparence sinistre du personnage.
Son visage avait changé, il était mince son regard était devenu dur. Des paroles de mêmes acabits nous accueillirent.

— Alors membres de la confrérie de la lumière bleue. Vous venez me rendre visite ?

Je m'adressai à lui.

— Je t'en conjure, mon frère, reprends-toi. Tu n'es plus toi-même.

Il ricana.

— Je sais très bien ce que je fais, si je dois sacrifier l'humanité entière pour retrouver mon amour, je le ferai.

J'étais désespérée, Namar regardait sans bouger.
Je répondis au mage paré d'habits couleur de nuit.

— *Voyons Iart, tu deviens fou, abandonne ces pratiques.*
Tu es en train de renier notre doctrine. Je t'en prie,
arrête ne nous oblige pas...

Il m'interrompit net.

— Vous obliger à quoi, sœurette ? Seriez-vous venus pour appliquer la sentence, voire la mise à mort ?

Je pris un ton plus dirigiste.

— *Il suffit Iart, tu dépasses les limites, tu sais très bien*
que nous ne pouvons te laisser faire, Carla-Maria est
morte. Je ne sais pas ce que l'on t'a raconté, mais n'en
crois rien.
Que penserait-elle de toi si elle était présente ?

Il prit sa tête entre ses mains et me hurla :

— Je sais ce que je fais. La voie des ténèbres m'offre plus de perspectives que celle de la lumière. Je n'ai pas demandé à avoir cette foutue immortalité, mais ne comptez pas sur moi pour mettre fin à ma vie.
Je précipiterai ce monde dans les enfers.

C'est le prix à payer pour retrouver Carla.
Vos pouvoirs sont dérisoires face aux forces obscures
et…

Namar sentit que la situation n'avait pas d'autres issues que la mise hors d'état de nuire du personnage qui fut son ami.
Il pressentit que le lien qui nous unissait Iart et moi m'empêcherait d'intervenir.

La scène se déroula en une fraction de seconde.

Namar fit mine d'avancer vers son ancien compagnon quand Iart le pétrifia sur place à l'aide d'un éclair noir jaillissant de sa main droite.

Aussitôt, la victime perdit connaissance.

Je lui criai.

— Arrête Iart, je t'en supplie, ne fait rien. Ne m'oblige pas à te faire du mal.

Namar était suspendu en l'air, il tournoyait doucement tel un pendule caressé par le vent.

J'étais pétrifiée, je ne pouvais entamer le moindre mouvement

Était-ce mon amour pour mon frère qui m'empêchait d'agir ou simplement l'emprise de ce dernier ?

Iart fixait Namar d'un regard obsessionnel. Il donnait l'impression de savourer la situation.

Mon compagnon flottait dans l'air au milieu de la pièce, inconscient.
Ses yeux révulsés donnaient un regard blanc vitreux à la victime.
La main droite de l'Iart pointait en direction de l'homme suspendu dans les airs, tandis que sa main gauche était dirigée vers moi.

De temps à autre, Iart agitait sa main tel un fouet.
Au même moment, le corps sans vie était pris de soubresauts. Le craquement des os accompagnait sa danse macabre.

Malgré son inconscience, Namar gémissait sous la douleur.

Le visage de celui qui avait était mon frère, était déformé par la haine.

Il prenait plaisir à voir souffrir son ancien compagnon.

Un ricanement sinistre emplissait la pièce.

J'essayai de me soustraire à son emprise, rien n'y fit.

Comment avait-il acquis cette puissance ? Je l'ignorais.

En des temps reculés, cette scène eut été impossible.

À part Philéas, tous les membres de la confrérie avaient la même force.
Mais en cette nuit, tout était différent.

J'observais Iart, je ne pouvais rien faire.
Impossible de me servir de mes pouvoirs.
Je ne pouvais utiliser ni télékinésie, ni téléportation. Je tentai de m'emparer de son esprit, sans succès.

Je me rappelle de tout cela comme si c'était hier.
Je n'oublierai jamais ses paroles et son regard.

Il tourna lentement la tête vers moi et me parla calmement.

« J'ai oublié de te dire, Astrée. Iart est mort. Désormais, appelle-moi Baal !»

Au même moment, je sentis un liquide chaud et poisseux sur mon visage.
Machinalement je m'essuyai avec ma manche. Le blanc de celle-ci disparut au profit du rouge.

Iart reprit.

— Je suis désolé, ma sœur, mais Namar vient de nous quitter.

Il ne restait rien de mon ami, sinon quelques lambeaux de chair éparpillés sur le dallage.

Je poussai un cri.

Je regardai une dernière fois ce qui fut mon frère de vie.

À la place un homme sinistre se tenait devant moi.
Il avait l'apparence de Iart, mais la ressemblance s'arrêtait là.

Cet homme riait de toutes ses dents. Son rire résonne encore dans ma tête.
Iart était bel et bien mort, mon pire ennemi à présent se nommait Baal.

Ce dernier m'interpela.

— Parce que tu es ma sœur, je te propose une alliance. Avec ton aide, je gagnerai du temps. Car j'ai encore beaucoup de travail à accomplir.
Ensemble régnons sur ce monde inutile.
Regarde ces mortels. Ils n'ont pas plus de valeur que des vermisseaux.
Se reproduire, manger, boire, se faire la guerre, c'est tout ce qu'ils connaissent. Moi je leur apporte la délivrance de leurs vies misérables. Carla-Maria a plus de valeur que toute cette populace.
Joins-toi à moi !

Je me débâtis, mais sans succès.
J'essayais de gagner du temps.
— Que fais-tu de la doctrine de Philéas ? Mon frère.

Il eut un moment d'hésitation, son visage était redevenu comme à l'accoutumée.

Il fixait le sol, le regard hagard.

— Philéas, Philéas, Philéas. Il répéta ces mots à voix basses.

Mais, «Baal» se reprit :

— Que m'embrouilles-tu avec ce vieux fou !
Je le maudis, tout cela est de sa faute. Il aurait mieux fait de nous laisser mourir à l'époque où nous errions.

J'enchaînai :

— *Ne dis pas de bêtises, ta folie t'aveugle. Il nous a aimés comme un père. Nous a donné un toit, nous a nourri.*
Comment peux-tu blasphémer ainsi ?

— Réponds-moi ! *Me dit-il sur un ton menaçant.*

— Es-tu avec moi ou contre moi ?

Je le regardai droit dans les yeux, essayant de déceler une parcelle d'humanité.
Mais hélas ! Toute bienveillance et bonté avaient disparu.
Seule subsistait sa folie.

Car, sans nul doute, Iart avait plongé dans la folie.
La disparition de sa bien-aimée avait été insupportable pour lui.

D'abord nos parents, après la responsabilité du groupe.
Survint ensuite le départ de Philéas.
Les morts tragiques d'Ashna et Briol.
La sentence de Luminur.

Par après, il m'avait avoué qu'il aimait Luminur comme son petit frère.
Il ne s'était jamais réellement remis de sa mort.
Il savait que c'était nécessaire, pourtant, il avait éprouvé des remords.

Je n'avais pas remarqué, mais à l'époque de la mort de Luminur, il avait déjà présenté les symptômes d'un désordre psychologique. Mais j'avais mis cela sur le compte de la tristesse.

De toute évidence, je pense qu'il se promenait déjà sur les falaises de la folie.
La mort de son épouse ne fit que l'y précipiter.

Il répéta sa question.

— Pour la dernière fois, es-tu avec moi ou contre moi ?

Je lui répondis dans détour :

— *Jamais, je ne suivrai ton chemin. Une damnation éternelle pour quelques minutes de bonheur. Comment pourrai-je me regarder dans un miroir si je bafouais mon serment. Ta haine t'aveugle.*
Jamais, tu ne retrouveras Carla.
Jadis, rappelle toi, nous étions vénérés tels des dieux.

Parmi la populace comme tu le dis, il y a des gens formidables. Nos parents en faisaient partie.
Mais tu as tout oublié.

Rappelle toi le sourire des enfants que nous avons guéri.
Cette lumière qui émanait d'eux.
Comment peux-tu choisir l'obscurité en lieu et place ?
Je préfère mourir dans la lumière quelques instants, plutôt que de vivre dans les ténèbres pour l'éternité.

Il me regarda d'un regard méprisant.

— Si tel est ton désir, sœurette, tu vas être exaucée.

Son étreinte s'était durcie.
Respirer devenait un calvaire.
Doucement, je m'élevai vers le centre du salon.
Sa télékinésie s'était renforcée. Je demeurai impuissante.
Je planais à environ trois mètres au-dessus du sol.

De cette hauteur, le spectacle était horrible.
Le corps meurtri de Namar jonchait le sol.
Les murs blancs étaient tachetés de couleur pourpre.

Son rictus lui donnait un air de démon.

Mes dernières pensées allèrent à Philéas.

Mes sens commençaient à vaciller.

Soudain, une bourrasque fit s'ouvrir toutes les ouvertures de la pièce avec une violence inouïe.

Baal sursauta.

Son emprise s'estompa.

Je sus que je n'aurai pas le dessus.
Avant que l'homme infernal ne réagisse, je me transportais dans la grotte bleue.

J'atterris sur ma couche, je ne me rendis pas compte que celle-ci se maculait de rouge. Le sang de Namar.

Iart était mort.
Je ne savais encore comment, mais à partir de ce jour Baal me trouverai toujours sur son chemin.

J'ai toujours subodoré que le vent était l'intervention de Philéas.
Cette diversion m'avait donné le répit nécessaire, sans aucune hésitation, l'homme maudit m'aurait exécuté de la même manière dont il s'était occupé de Namar.

Le son de mes pleurs résonnait dans la caverne bleue seul le sifflement du vent m'accompagnait.

Mes pensées perdirent leurs clartés.

Je m'évanouis.

L'initiation

Josh regardait sa bien-aimée. Celle-ci était debout et lui tournait le dos. Ses deux mains étaient appuyées sur la petite table adossée au mur.

L'adonis quitta son fauteuil, alla vers Astrée.
Lui prit délicatement les épaules et la fit se retourner doucement vers lui.
Ils furent face à face.

Il posa son index sous le menton et releva le visage de la jolie comtesse. Au même moment, il plongea dans son regard éblouissant, une larme roula sur la joue d'Astrée.

Il ne put s'empêcher de lui déposer un baiser tendre sur ses lèvres.

— Alors Baal, est ton frère ! Lui dit-il tout bas.

La beauté faite femme lui sourit, mais son regard était toujours aussi triste.
Elle acquiesça d'un geste de la tête comme une petite fille qui n'osait avouer une bêtise.

Astrée lui prit la main et l'entraina sur le siège qu'il venait de quitter.

— *Mon histoire n'est pas finie»* elle hésita puis rajouta « *Mon Amour »*.

Elle reprit son récit.

Je ne sais pendant combien de temps je suis restée inconsciente.

Ce fut le bruit de la source qui me réveilla.

J'étais désespérée. Je me sentais seule au monde.

Même si mon frère était vivant, je venais de le perdre.

La disparition de Namar m'avait affecté au plus haut point.

Que pouvais-je faire ?

Je n'étais pas de force à combattre Baal. D'un revers de main, il m'avait mis en échec.

Que devais-je faire pour pouvoir contrer celui qui fut mon frère ?

Quels outils pouvais-je utiliser pour devenir l'égal du mage noir.

L'angoisse m'étreignait. Je crus devenir folle.

Je n'avais personne à qui demander conseil.

Cela dura des semaines, des mois, je ne sais.

Je ne faisais que mettre un jour devant l'autre sans rien attendre.

Je ne côtoyais personne, je ne faisais qu'errer dans la grotte qui était à l'origine de tout cela.

Cependant, un soir en songe, Philéas m'apparut.

Il était là, devant moi, paré d'une lumière étincelante et me souriait en s'adressant à moi.

— Voyons ma fille, je ne te reconnais plus, toi si vaillante, tu baisses déjà les bras !

— *Père lui répondis-je, je suis seule et désemparée ; que puis-je faire ? Tu n'es plus à mes côtés pour me conseiller.*

— Ton frère a pris le chemin de l'obscurité. À toi de prendre celui de la lumière.
L'obscurité a ses limites, la lumière est infinie.

— *Mais comment faire, je ne sais à qui m'adresser ?*

— Quand nous sommes prêts à gravir la montagne, celle-ci nous montre son chemin.

— Ma fille, malgré notre différence ici-bas, nous ne sommes que des grains de poussière dans cet univers.
Il existe des forces qui nous dépassent.
Depuis la nuit des temps, l'obscurité et la lumière s'affrontent perpétuellement. Les hommes ne sont encore que des enfants. Ne laisse pas Baal les précipiter dans un tourment éternel au nom de sa douleur.
Il a choisi son chemin et je le pleure.
Ton devoir est de t'interposer entre lui et le monde.
Il va essayer de plonger ce dernier dans les enfers. Sois le bras armé de la lumière.
Demain à midi, va dans ma chambre et ouvre la pierre du soleil.

Je me réveillai, je crus vraiment à sa présence.

Je mis mon visage dans mes mains et j'éclatai en sanglots.

Ce rêve, tel un leitmotiv revenait sans cesse à mon esprit.
Peu avant midi, heure solaire, je me rendis dans la chambre qui fut celle de Philéas.
La porte grinça, faisant apparaître une pièce abandonnée et poussiéreuse.

Je fouillais machinalement, sans conviction.

Que signifiait « ouvre la pierre du soleil » ?

Vers midi, l'astre de jour se manifesta à partir d'un orifice situé dans la partie supérieure de la chambre.

Son rayon tapa précisément sur une roche légèrement proéminente.

Je me dirigeai vers la pierre. Elle était à hauteur de mon visage. Elle était circulaire. Je me mis à l'inspecter.
Elle semblait bouger légèrement. J'utilisai ma télékinésie.
La pierre n'opposa aucune résistance. La roche quitta son logement faisant apparaître une cavité.
A l'intérieur se trouvait un grimoire imposant.

Je m'empressai de l'ouvrir.

C'était l'œuvre de Philéas. Il avait consigné toute la période d'apprentissage qu'il s'était imposée.

Tout y était, la découverte de ses dons.
Comment il s'était rendu compte de sa télépathie lors de notre marche vers le village.
Le passage du verre sautant dans sa main.
Les entraînements rigoureux qu'il s'était imposé.

Je n'eus de cesse jusqu'à la lecture de la dernière page.

J'appliquai tous les entraînements à la lettre.

Je m'imposai chaque jour de soulever des poids de plus en plus lourds par télékinésie.
En final je pus déplacer des roches de plusieurs tonnes.

Concernant la téléportation, d'après le recueil de Philéas, la maitrise absolue de celle-ci dépendait de l'endurance à se déplacer et également de sa rapidité.
Après d'énormes souffrances je parvins à me téléporter avec une telle rapidité que je pouvais créer l'illusion de me multiplier.
Arriva la partie d'influence de l'esprit. Je me refusai à utiliser des cobayes humains.
Je parcourus le monde, plus précisément les jungles.
Mon labeur consistait à maitriser le conscient ou l'inconscient de tout être vivant.
Du plus petit insecte au plus volumineux des mammifères.
À force d'entraînement je me surpris à faire de véritables prodiges.
Je me trouvai au beau milieu de la savane africaine.
Des centaines de buffles fonçaient sur moi.

Ma force de concentration me permit de les pétrifier avant qu'ils me taillent en pièces.

Je sentais que mon perfectionnement arrivait à sa fin.

Ma décision était prise, je décidai de faire ma réapparition dans le monde dit civilisé.

Quel que soit le prix à payer, Baal trouverait un adversaire à sa taille.

J'élaborai divers plans pour contrer mon ennemi.

Subrepticement, Morphée m'entraina dans ses songes.

Philéas m'apparut identique au dernier songe.

— Ma fille, il te reste à accomplir un dernier sacrifice. Empare-toi d'un calice, emplis le d'eau. Prends le plus petit fragment de pierre bleue que tu trouveras inséré dans la roche. Mélange-le à l'eau, et bois ce breuvage. N'aie crainte, ma fille. Si tes actes sont justes, tu vaincras.
Toi aussi tu connaîtras l'amour terrestre, mais garde-toi de sombrer dans les abysses obscurs comme ton frère. Il t'appartiendra de faire le choix nécessaire le moment venu.
L'Amour est infini.

Il disparut.

Le matin, je m'empressai de suivre les recommandations de mon père spirituel.

Je pris une parcelle de roche bleue la mélangeai à l'eau et je bus la mixture.

Je perdis connaissance aussitôt.
À la différence de la première fois, je ne fus sujette à aucune douleur.
Seul le kaléidoscope de couleur apparut.
La voix de Philéas ne cessait de répéter « l'Amour est éternel».
Une douce chaleur m'envahit.
Je me sentis quitter mon corps. Je planais au-dessus de ma dépouille.

En un éclair, je m'en éloignai.
Des soleils apparurent, des planètes. Je frôlais les limites de l'univers.
J'aperçus une lumière blanche magnifique.
Des yeux humains n'auraient pu soutenir cette lueur.
Que d'amour émanait de celle-ci.

Au moment où je crus pouvoir ne faire qu'un avec cette entité, mon âme fut précipitée à nouveau vers la terre.
Je réintégrai mon enveloppe charnelle.

J'ouvris les yeux. Cette expérience était réelle et non issue d'un songe.

Ce qui avait changé était qu'au plus profond de moi, j'étais prête à affronter les épreuves qui se présenteraient à moi.

Quel qu'en soit l'issue, je ferai face.

Je regardai une dernière fois la grotte bleue.
Je chassai les souvenirs qui m'envahissaient.
Les ombres de Luminur, Alanis, Ashna, Briol, Namar.
Semblaient me sourire.

Je leur fis signe de la main et me téléportai.

&

Je m'étais absenté cinquante années du monde des mortels.
Je parcourus notre globe. Ce ne fut pas une grande difficulté. Je bénis mon don de téléportation.

Plus j'avançais dans mes recherches, plus le nom de Baal était nommé.
Il était mêlé à toutes sortes de complots.
Il tirait les ficelles dans l'ombre d'hommes politiques.

En cette année 1793, je ne fus pas surprise d'apprendre qu'il vivait en France.
D'après les rumeurs, il était à l'origine de la politique de terreur qui y régnait.
À cette époque, le sang coulait à flot sur les pavés de Paris.

La volonté de Baal de plonger l'humanité dans un chaos sans nom était effective.

J'avais décidé de m'établir dans une petite ville d'Italie. « Assise ». Province de Pérouse.

La ville d'Assise avait vu la naissance d'un de ses plus illustres personnages.
Saint François d'Assise.
Il avait vécu d'avril 1182 à octobre 1226.
Il fut également le fondateur de l'ordre des frères mineurs, appelé également moines franciscains.
Ce fut en carrosse, par une belle journée de juillet que je fis mon entrée à Assise.
J'avais fait l'acquisition d'un manoir.
C'est à cette époque que je revêts le titre de comtesse Casanueva.

Tout en effectuant mes recherches, à cette même période, je m'occupais d'œuvres de bienfaisance.

Je fis la connaissance d'un moine du nom d'Hélias.

Il était le père supérieur de la Basilica Patriarcale di San Francesco.

Après une heure de discussion, nous avions sympathisé.

Père Hélias m'avoua qu'il avait soixante-dix-neuf ans C'était un homme menu, de petite stature. Sa calvitie et sa tête penchée lui donnaient l'aspect d'un petit vautour. Son aube était de manufacture chiche.

Cette dernière était élimée aux manches et rapiécée de part et d'autre.
Je me pris d'affection pour lui.

Au fil des semaines, notre amitié se resserra.

Nos sujets de discussion étaient variés.
Un jour Père Hélias me demanda si je voulais visiter la bibliothèque de la Basilica.
Grand bien lui prit.
Il me pria de le suivre.

La bibliothèque était sous la basilique. Ses plafonds romans voutés accentuaient le style ancien.
Les murs étaient construits par l'assemblage de grosses pierres blanches. Cela faisait penser à une forteresse.

Tout au long de la discussion, le prêtre m'entraina dans les profondeurs de la vieille bâtisse.

Au final, nous descendîmes un escalier de pierre.
Nous fûmes face à une lourde porte en chêne massif.
Sa serrure était d'une complexité peu commune.
Hélias me précéda.
Je le suivis sans m'offusquer de son manque de galanterie.

La salle était de taille moyenne, une seule entrée, aucune fenêtre.
Le plafond était bas. La lueur des torches du couloir éclairait à peine la cellule.

Père Hélias contourna la seule table.
À l'aide d'un briquet à silex, il alluma les six torches
accrochées au mur du fond où l'on apercevait les
jointures des grosses pierres.

Il me confia ses inquiétudes.

— Les temps sont grave mon enfant.
Partout dans le monde actuel, les guerres font rages.
Celles-ci me laissent présager que les ténèbres sont à
l'origine de celles-ci. Une guerre sur plusieurs siècles est
engagée.
Le nom d'une personne malfaisante circule parmi l'ordre
des Franciscains et cela dans toute l'Europe.
Dans vos nombreux déplacements dans diverses cours
royales, avez-vous déjà rencontré un dénommé Baal.

Le nom me fit sursauter, mais je réussis à cacher ma
stupeur. Cela me faisait bizarre d'entendre ce nom
prononcé par un prêtre.

D'un ton détaché je lui répondis.

— *Non, mon Père. Pourquoi une personne malfaisante ?*
Qu'a-t-il fait pour mériter ce nom. ?

— Des abominations. Il sévit en ce moment en France.
De plus, il recherche un livre d'initiés et il est prêt à tout
pour se l'approprier.
Certains de mes frères l'ont payé de leur vie.

Hélias alla vers une bibliothèque murale, saisit un tabouret et alla déloger un gros livre.
Celui-ci était plein de poussière.

Il le déposa sur la seule table de la pièce et l'ouvrit.

Je l'interrogeai.

— Pour quelle raison recherche-t-il ce livre à l'intérieur de votre ordre ?

Père Hélias me répondit le plus naturellement possible.

— Tout simplement parce que nous le possédons, d'ailleurs le voici.

— Qu'a-t-il de particulier ce livre ?

— Selon l'auteur de cet ouvrage, ces écrits permettraient de se protéger du mal.

— Apparemment, mon Père, ce livre est d'une valeur inestimable, pourquoi me le montrer. À vrai dire, nous nous connaissons que très peu.

— Ma fille, cette nuit j'ai fait un rêve et vous y étiez. Vous resplendissiez de lumière et vous teniez dans votre main droite une épée brillante. À vos pieds, une bête immonde gisait. Ceci est un message de Dieu.
De plus, depuis que vous vivez parmi nous, vous nous avez fait bénéficier de grandes largesses.

Je vous rappelle, mon enfant, que sans vous l'hospice d'Assise ressemblerait encore à une ruine.
À ce jour sa réputation de confort et de soins a dépassé nos contrées et cela, nous vous le devons.
Je vous demanderais qu'une chose, ma fille, consultez ce livre uniquement dans cette pièce.

Durant les semaines suivantes, je me rendis dans la salle afin d'étudier le fameux ouvrage.

Il recélait des trésors d'informations sur les cérémonies magiques ainsi que certaines préparations.
En peu de temps, ce livre n'avait plus de secret pour moi. Mais ce qui me fit froid dans le dos, était un chapitre consacré à l'ouverture d'une porte pouvant amener les forces obscures sur terre. Je pense qu'il ne serait pas bon que Baal en prenne connaissance.

Mon ami ecclésiastique entra. Je l'interpelai.

— Mon père, vu le contenu de ces écrits, il serait bon de mettre cet ouvrage en un lieu plus sûr.
Pourrai-je m'occuper de ceci ?

Père Hélias hésitait, je comprenais sa position, puis à ma surprise.

— D'accord ! me dit-il, si vous aviez eu des mauvaises intentions, ce serait chose faite.

Il conclut par sa phrase préférée.

— Les desseins de Dieu sont impénétrables et il était convaincu que j'avais une place dans ce monde.

Le soir même, j'emportai le précieux objet.
Il prit place à côté du grimoire de Philéas, dans la grotte bleue.
Personne ne viendrait le chercher, même pas Baal.

Je retournai à Assise.

Le cours de ma vie reprit. Les semaines fusèrent.

Pour couverture, j'avais repris le commerce des épices.
Toujours aussi florissant.

Pour mes affaires, je dus parcourir l'Europe et l'Asie, faisant escale de temps à autre à Assise.

J'avais fait l'acquisition d'une petite bâtisse aux allures de manoir.
Par choix, je vivais seule. De toute manière, ce ne sont pas les brigands qui pouvaient m'effrayer.

Un soir d'été, j'étais sur ma terrasse, le nez dans les étoiles. Rare moment de paix.

J'étais en train de me servir un thé froid quand une voix me fit sursauter.

— Alors sœurette, cela faisait longtemps ?

— *Que fais-tu là, Iart ou devrais-je dire Baal ?*

— Je suis venu en paix, pourquoi s'entredéchirer, nous pouvons tous deux y trouver notre compte.

— *Je n'adhère pas à tes idées réformistes. Comment peux-tu encore te regarder dans un miroir ?*
À chaque fois que ton nom est prononcé, il s'associe à des massacres.

— Oh ! Je t'en prie, tu prends trop à cœur ces détails. Ces gens sont mortels, je ne fais qu'avancer leur mort. Je leur rends service, puisque leur vie ne sert à rien.

— *Mais, qu'as-tu fait de la doctrine de Philéas...*

Il m'interrompit :

— Tu ne vas pas recommencer avec cela. Assez perdu de temps !

Avant que je ne puisse réagir, il me foudroya de son éclair noir, le même qu'il avait utilisé pour Namar.

Tout s'assombrit autour de moi et à ma grande surprise, je me trouvai dans autre endroit. Ténébreux, glauque avec des gémissements en bruit de fond.

Pour la première fois, Josh commenta.

— Le même où je fus plongé lors de ma rencontre avec Baal.

Astrée reprit.

— *Oui, le même ; Baal se tenait à quelques mètres de moi. Nous étions tous deux sur une saillie rocheuse. Il ricanait.*

— Alors petite sœur, tu ne t'attendais pas à celle-là ?

Une aura sombre rayonnait autour de lui.

Je voulus lever mes mains lorsque je m'aperçus que celles-ci étaient transparentes. Je ne compris qu'après quelques instants que nous n'étions plus sous notre forme charnelle, mais bel et bien sous notre aspect astral.
Cela signifiait que nos corps étaient toujours dans ma demeure.
Baal lut dans mes pensées.

— Toujours aussi perspicace, ma fille, mais cela ne te servira à rien. Je te présente ta nouvelle maison, elle te plait. Tu vois, je suis magnanime avec toi, je te relève de ton serment.
Tu peux vivre comme bon te semble ici. Tu verras, je suis sûr que tu t'y plairas !

Il éclata d'un rire satanique.

J'entendis la voix de Philéas me disant la lumière est infinie.

Je me mis à me concentrer, comme pour utiliser ma télékinésie, en direction de ce qui fut mon frère.
Je me mis à rayonner comme un soleil. Baal poussa un hurlement.

À mes pieds, des créatures immondes dont je n'avais point décelé la présence, poussaient également des cris de souffrance.

Baal se reprit, son aura prit du volume et ce fut le combat des ténèbres contre la lumière.

Je n'eus aucune peine à prendre le dessus, je sentais que l'entraînement de Philéas portait ses fruits.
Le mage noir fut à ma merci.

Je ne pus me résoudre à lui asséner le coup de grâce.
Il gémissait, me demandait de l'épargner.
Les images du passé revinrent à ma mémoire, celles du grand frère s'occupant de sa petite sœur.
Comment pouvais-je lui ôter la vie ?
Même si le futur me faisait regretter cette décision.

Sans difficulté, je quittai ma forme éthérique pour rejoindre mon enveloppe charnelle.
Celle-ci était couchée à même le sol sur l'un des tapis d'Orient qui recouvraient le dallage.
Le corps de Iart avait disparu.

Je me relevai. Une immense quiétude m'envahissait.
Je me dirigeai vers la table où se trouvait ma tasse de thé froid.

C'est en regardant les étoiles que je finis mon infusion, perdue dans mes pensées.

Ce soir là me fit comprendre que quelles que soient les difficultés, personne ne me ferait plus fléchir, même si pour cela, je devais y laisser mon immortalité.

Je ferai face à tous les combats qui s'imposeraient à moi.

Je me mis à clamer tout haut.

Baal, quelques soient tes desseins, je les déjouerai.

À nous deux !

La préparation

Le récit de l'immortelle avait pris fin.

Josh et Astrée se tenaient face à face se tenant par les mains.

Le décor rendait la scène irréelle.

L'adonis entama la discussion.

— Loin de moi, l'idée de douter de toi, mais par quels prodiges nos chemins ont-ils pu se croiser ?

— *Hasard ou pas hasard ? Répondit Astrée.*

Elle mit ses bras autour du cou de Josh.

— *Même si je t'aime, je m'interdis de continuer.*

Josh haussa la voix.

— Pourquoi ?

— *Veux-tu que je devienne comme mon frère ?*
Au début, tout sera idyllique, puis le temps fera son œuvre. Si je prends le même chemin que Iart, qui m'arrêtera ?'
Mais pour l'instant, laissons cela.
Il y a plus grave.

Josh se mordait les lèvres pour ne pas répondre, il se défit de l'étreinte de la comtesse et tel un lion en cage, il tournait au milieu des bibelots antiques.

Au fond de lui, il savait bien qu'Astrée avait raison, mais il ne pouvait se résoudre à cette issue.
Une autre chose le tourmentait.
Éludant la remarque de l'élue de son cœur.

Notre héros reprit :

— Astrée, dis-moi la vérité, l'homme qui a tenté de nous agresser à l'aéroport…, tu l'as tué ?

Sans hésitation, son amie répondit.

— *M'en crois-tu capable Josh ? Réponds-moi ?*

Josh l'air gêné bredouilla

— Non !

— *Néanmoins, je vais te répondre, c'est la rage de cet homme qui a été la cause de son décès. Il est vrai que je suis apparue devant son véhicule, mais assez loin pour qu'il puisse s'arrêter. Il n'en fit rien, au contraire, il a essayé de me renverser. Étant sous ma forme éthérique il me traversa et quand il aperçut le ravin, il était trop tard. Sache que cet homme était déterminé à vous éliminer le Professeur et toi. Il a été envoyé par Baal.*

Interloqué, l'athlète continua l'interrogatoire.

— Mais comment se fait-il que ton frère n'a pas utilisé ses pouvoirs comme il s'en est servi lors de notre affrontement ?

La belle comtesse ne semblait pas dérangée par ce flux de questions.

— *Il ne le peut, car vous êtes sous ma protection.*
Lors de notre duel, évoqué précédemment, son seul salut fut le fruit de ma clémence.
Il sait qu'il ne peut plus m'affronter seul, face à face. Non seulement le lien du serment de Philéas a été coupé entre nous, mais de plus son pouvoir est devenu inférieur au mien. Par contre, il connait ma faiblesse.
C'est toi, mon amour. En te détruisant, il comptait sur le fait que ma douleur me fasse basculer dans les forces obscures.
Depuis ces dernières décennies, nous n'avons cessé de nous affronter, mais par personnes interposées.
Pendant la première et seconde guerre mondiale, il œuvrait sans cesse aux côtés des forces de l'axe. Il est à l'origine des horreurs commises sous le troisième Reich. Tandis qu'il conseillait les nazis, de mon côté, je faisais tout mon possible pour le contrer en influençant les alliés.
Le brouillard lors du débarquement était de mon fait.

— Pour en revenir à ta réflexion, que voulais-tu dire par il y a plus grave ? Continua Mc Land.

Astrée vint vers lui et lui déposa un baiser sur ses lèvres. Josh lui sourit.

— *Te rappelles-tu du livre dont Hélias m'a confié la garde ?*

Josh acquiesça.

— *Il y a quelque temps, j'ai appris de source sûre qu'il existait un deuxième ouvrage identique.*
Iart s'en est emparé depuis peu et je redoute le pire.

— C'est à dire ? Questionna Josh.

Astrée reprit :

— *Il existe dans ce grimoire une cérémonie qui permettrait à Baal d'arriver à ses fins.*
Sa réussite serait sans retour.
L'humanité plongerait inexorablement dans les affres de l'enfer.

— Quel est ce cérémonial ? Interféra Josh.

— *Baal devra tout d'abord avoir une conjoncture planétaire favorable, puis il devra selon un rituel précis, à minuit heure solaire, sacrifier un être vivant. Puis réciter les incantations inscrites dans le livre.*
À ce moment, une porte dimensionnelle s'ouvrira.
Elle devrait permettre à la « bête », c'est le terme utilisé dans l'ouvrage, de prendre forme en puisant dans le sang et les os de l'animal sacrifié.
Pendant ce processus, nul ne pourra intervenir, ni Baal, ni moi.
Dès l'achèvement de sa complète reconstitution charnelle, la bête deviendra quasiment invulnérable.
Aucune force, dans ce bas monde, ne pourra la détruire et Baal deviendra tout puissant.

Cependant, il y une faille, l'animal sera vulnérable pendant un laps de temps très court.
Comment et pourquoi ? Je n'en sais pas plus.
De même que j'ignore si nous pourrons la vaincre.

— Nous ? Questionna l'adonis en souriant.

Astrée continua :

— *Oui, mon amour, « nous ».*
Sans toi, je n'arriverai pas à contrer la folie de mon frère. Toute mon attention sera requise sur Baal.
C'est toi mon chéri qui devra tuer la bête.
T'en sens-tu capable ?

Josh l'enlaça.

— Que ne ferai-je pas pour toi ?

Ils s'embrassèrent longuement.

La jolie comtesse le repoussa tendrement, lui caressa la joue.

— *Josh, je ne vais pas te mentir, nous risquons notre vie dans cette affaire. Pour ma part, cela m'est égal, mais toi.*

— Ne t'inquiète pas pour moi, je suis grand et j'ai l'habitude de prendre mes décisions.
Nous affronterons cette situation ensemble. Il n'en sera pas autrement pour moi.

— Oui, mais sache que cela ne changera rien pour nous, même si l'issue est favorable…

Un long soupir fusa de ses jolies lèvres.

— Je devrai partir définitivement.

Josh la regarda.

— Nous n'en sommes pas encore là. Lui dit-il.

Il enchaîna :

— Toute cette petite fête doit se passer quand et où ?

— Quand ? Le mercredi, douze septembre de cette année. La configuration astronomique sera parfaite.

— Mais nous sommes le 27 août. C'est dans à peine seize jours. S'exclama le jeune athlète.

— Oui, le temps nous est compté. Le lieu, tu en as déjà entendu parler, c'est la grotte bleue.

— Ce lieu est inconnu des hommes, pourtant il ne cesse de peser sur leur destinée.

— Effectivement ! chuchota Astrée.

Puis :

— *Demain, nous partirons au village de Libbi āli.*

— Ce village, n'est-ce pas… ?

— *Si, c'est celui où tout a commencé…*

— Et où, tout peut finir. Renchérit Josh.

— *J'ai affrété un avion privé. Pour ne pas alerter Baal, je n'utiliserai mon don de téléportation qu'en cas d'extrême nécessité.*
Je t'avoue que je n'étais pas sûre que tu veuilles m'accompagner.

Les deux amants se prirent par la main.
Astrée entraîna son amoureux hors de la salle fantastique.

Elle verrouilla à nouveau l'accès de la pièce. Personne n'aurait pu soupçonner le prodige qui se trouvait derrière ces murs.
Ils traversèrent la chambre et se retrouvèrent sur le balcon. La nuit rendait son dernier soupir. Le soleil levant étirait ses rayons tout en caressant les flots.
La journée pouvait commencer.
Ils s'embrassèrent une dernière fois et regagnèrent leurs appartements.

L'horloge lumineuse murale de la chambre du Professeur annonçait 6h 30 du matin quand le téléphone portable de celui-ci sonna.

Avec difficulté, Siegfried sortit de son sommeil et décrocha.

— Allo !

De l'autre côté de la ligne, il entendit dire :

Alors mon frère, n'es-tu pas content que je te réveille ?

— Daniel ! Soupira l'ancien. Toi le lève tard tu dois avoir une bonne raison pour m'appeler à cette heure-ci !

— Une très bonne. Au fait vous avez retrouvé la fameuse Astrée ?

— Non seulement, nous l'avons retrouvée, mais nous séjournons chez elle.

Un sifflement d'étonnement s'éleva à l'oreille de Prof.

— Alors là ! Vous me laissez sans voix.

— Si seulement c'était vrai, mon jeune frère.

Un éclat de rire simultané parcourut les écouteurs.

— Trêve de plaisanterie, si je t'appelle si tôt, c'est pour une bonne raison.

— Laquelle ?

— Mon ami, Alain Deauville m'a informé que certains milieux ésotériques étaient en pleine effervescence. Depuis peu, il y a une recrudescence des cérémonies de magie noire.

— En connais-tu la raison ?

— Il semblerait que nous soyons à l'aube d'un grand bouleversement. Le nom de Baal est à nouveau évoqué. Il serait à l'origine de ce cataclysme.

— Cataclysme ! Te rends-tu compte du mot que tu utilises ?

— Oui mon frère, je sais encore parler le français. C'est bien le mot utilisé. Soi-disant que c'est en corrélation avec le calendrier sumérien qui indiquerait une position planétaire susceptible de favoriser un rituel maléfique. D'ailleurs, dans certains milieux Baal est surnommé le Mage noir.

— Le mage noir ! Il ne manquait plus que cela !

— D'après Deauville, ce Baal se serait emparé il y a quelque temps d'un grimoire lui révélant le secret de ce Sabbat, ce dernier lui permettrait de pactiser avec les forces des enfers. Son seul but est de bénéficier de l'appui d'une créature indestructible afin de soumettre la planète au prince des ténèbres. Je te prie de croire que tout cela est pris très au sérieux. Alain est vraiment inquiet.

— A-t-on des indices sur cette cynique messe noire ?

— Quelques bribes. Celle-ci devrait se dérouler aux environs du dix septembre de cette année.

Siegfried répondit de manière lasse.

— J'ai vraiment un mauvais pressentiment ! A quel endroit ?

— D'après certains astrologues, la cérémonie devrait se dérouler en Orient où exactement, nous l'ignorons. À mon avis, il n'y a qu'une personne qui le sait. Baal.

— Tout cela ne présage rien de bon, toi que penses-tu de tout cela ?

— Tu sais, mon frère, je prends très au sérieux ces évènements. Si tu voyais mon ami Deauville, tu comprendrais que pour lui cela n'est pas juste une fable. Il est vraiment très angoissé. Il m'a même parlé d'une prophétie qui évoquerait le combat du dernier dieu et de la dernière déesse.

— Dernière Déesse, dis-tu ? Décidément ! Il est temps d'avoir une conversation avec la comtesse Casanueva. Je te laisse Daniel. Fais attention à toi. Je t'embrasse.

— Moi aussi je t'embrasse, c'est plutôt à vous d'être prudents. J'ai l'intuition que vous êtes plus près du volcan que moi. À bientôt !

À bientôt, répondit Prof, il raccrocha.

Il posa son téléphone, se leva avec difficulté et disparut dans la salle de bain.

Ce ne fut qu'après une demi-heure, qu'il réapparut frais et dispo. Au passage, il venait de sacrifier sa barbe.
Un pantalon couleur crème et une chemise blanche lui donnaient des allures de jeune homme.

Il mit ses chaussures en cuir, couleur sable, noua ses lacets, puis d'un pas décidé se dirigea vers la sortie de sa chambre.
Le claquement de la porte résonna dans le couloir.
Ses talons ferrés martelant les dalles firent écho.
La matinée était entamée quand Prof, Ingrid, Astrée et Josh se retrouvèrent sur la terrasse ensoleillée.

Malgré son air soucieux, Siegfried échangeait des banalités avec l'amie de la comtesse. La disparition de la barbiche de Prof fut pour quelque temps le sujet de discussion.

Puis invoquant un problème d'intendance, Ingrid s'excusa et quitta la table.
Prof resta seul en présence du jeune couple qui ne disait mot.

Zelmun s'en aperçut et intervint.

— Eh bien, mon garçon, tu es bien songeur ainsi que vous ma chère. Qui y a-t-il ?

La comtesse lui sourit et répondit.

— *Mon cher professeur, puisque d'une manière ou l'autre, il nous faudra vous l'apprendre, Josh et moi devons nous absenter.*

Siegfried la regarda d'un regard intense.

— Ne serait-ce pas l'Orient qui vous attire belle dame ?

Astrée avait lu en lui, elle fut surprise qu'il soit au courant de Baal et de tout ce qui l'entourait.
Elle fut admirative, car malgré cela, Siegfried gardait son sang-froid.
Astrée vit dans ses pensées combien il aimait Josh.
Prof s'inquiétait pour son fils adoptif, ce sentiment la touchait, mais la rendait encore plus fragile par rapport à Josh.

Elle regarda Siegfried avec tendresse.

— *Cher Ami, je comprends votre inquiétude, mais vous n'êtes pas sans savoir que le jour où vous avez croisé le chemin de Baal, votre vie à tous les deux a basculé dans le fantastique. Les enjeux sont beaucoup plus importants que vous ne pouvez imaginer.*

Cependant, je vous promets une seule chose, il n'arrivera rien à Josh et cela au péril de ma vie. Les dés sont jetés et ni vous, ni moi ne pouvons plus reculer.
J'ai affrété un avion à destination de l'Iraq, voulez-vous nous accompagner ? Ingrid sera des nôtres également.

Siegfried répondit du tac au tac.

— Que diantre, oui je vous accompagne !

La comtesse coupa son enthousiasme.

— *Attention, Professeur ! Vous n'interférez en aucune façon dans nos décisions et vous ne nous suivrez point. Par contre, vous pourrez profiter à loisir de ma demeure et découvrir l'hospitalité de ma région natale.*

Siegfried fut surpris de la présence émanant de la jolie jeune femme.

— Très bien comtesse, je vous suis.

Josh pour la première fois de la matinée prit la parole.

— Je ne suis plus un enfant, mon oncle. Sache que je t'aime comme j'ai aimé mon père. Je comprends ton inquiétude, mais ma décision est prise et au-delà de celle d'Astrée. Je l'accompagnerai, point à la ligne.

Le silence s'installa.

Le retour d'Ingrid détourna les regards et apaisa les tensions.

La belle intendante annonça que l'avion serait prêt pour 15 h cet après-midi.
Son sourire réchauffa l'ambiance.

Ingrid avait, pour une fois, laissé de côté son habituel chignon. Siegfried était ravi de cette nouvelle coiffure et s'était empressé de le lui dire.
À la surprise de Josh, le professeur et l'hôtesse s'entendaient à merveille. Leur amitié semblait se transformer en amour naissant, ceci n'était par pour déplaire au jeune Mc Land.
À ses yeux, son oncle méritait enfin de rencontrer l'âme sœur. Il n'y a pas d'âge pour cela. En effet, le vieil homme était seul depuis une vingtaine d'années, sa première compagne n'avait supporté d'avoir comme concurrente la science.
Depuis ce temps, Siegfried n'avait plus été tenté par l'aventure à deux. Mais en ce jour tout semblait différent. Décidément, tout autour d'Astrée semblait voué au bonheur. En serait-il de même pour lui, pensa le jeune homme ?

La comtesse le coupa de ses rêveries.

— *Allons mes amis ! Il faut s'affairer si nous voulons être prêts à temps. Ingrid, as-tu fait le nécessaire pour notre maison à Libbi āli ?*

— Tout est prévu, Astrée. Le personnel nous attend sur place. Répliqua l'amie du professeur.

— *Très bien ! Rendez-vous à 14h 30 dans le hall. Max nous conduira à l'avion. À tout de suite.*

La comtesse est l'intendante prirent congés laissant Josh et le Siegfried en tête.

Eh bien mon garçon! Entama l'homme de science.

— La magie de la vie me surprendra toujours. Il y a encore quelques semaines, nous ignorions tout de Baal et de la comtesse, aujourd'hui, ils font partie intégrante de notre destinée.

— Je sais mon Oncle, je sais. Je m'excuse mon oncle je vais dans ma chambre me préparer.

Josh se leva et se dirigea vers ses appartements.

— Josh ! Interpella le vieil homme.

Le jeune homme se retourna.
Siegfried enchaîna :

— Tu es le fils que je n'ai jamais eu et tu me combles au-delà de mes espérances. Quoique tu envisages de faire tu as ma bénédiction. Je t'aime mon fils.

Josh lui sourit :

— Moi aussi… Papa.

Le jeune homme disparut dans l'escalier.

Prof resta un moment seul, silencieux. Machinalement, il jouait avec un morceau de brioche.
Un soupir l'étreignit, une larme roula sur sa joue et tomba dans sa tasse de thé.

— Mon Dieu, protégez-les. Chuchota-t-il.

L'œil du cyclone

Le ciel était d'un bleu magnifique, le vent chantait sa complainte à travers la vallée verdoyante.

Le cri d'un aigle interrompit son chant.

L'oiseau dessinait ses cercles dans le ciel, imposant sa prestance altière et présageant une attaque fulgurante sur sa proie.

Cette dernière, un lapereau apeuré se camouflait, tant bien que mal, derrière un buisson.

L'aigle s'immobilisa, sa danse mortelle avait cessé.
Il poussa un cri de victoire quand soudain le vrombissement d'un grand oiseau blanc lui fit prendre le large et sauva le « longues oreilles ».

La scène était passée inaperçue pour les passagers du jet dernière génération des usines Dassault.

Le pilote vérifiait les derniers paramètres de l'appareil avant d'annoncer la fin du vol.

Le haut-parleur grésilla, le commandant de bord annonça l'atterrissage prochain.

Le silence régnait, chacun de nos amis restait plongé dans ses pensées.

Prof regardait à travers le hublot, l'aéronef survolait l'Iraq.

Qui aurait pu croire que quelques années auparavant ce pays était à feux et à sang.

En deux ans, cette république avait fait des prodiges. L'économie avait été rétablie et la stabilité du pays avait accéléré le développement urbain. Bagdad n'avait plus rien à envier aux belles capitales européennes. Les cicatrices du passé avaient disparu.

Tout en observant le paysage, Prof ne cessait de penser à Ingrid qui se trouvait à ses côtés.

Siegfried sentit son cœur battre la chamade, hésitant tel un lycéen, il posa sa main sur celle d'Ingrid.

Cela faisait des années qu'il n'avait pas ressenti un tel émoi.

Le temps semblait s'être arrêté, il tourna son visage vers l'élue de son cœur. Ingrid était resplendissante, ses cheveux défaits et son regard vairon accentuaient sa beauté.

Elle plongea son regard dans celui de Siegfried.

Le cœur de ce dernier s'arrêta.

La belle Méditerranéenne lui sourit en étreignant sa main.

Le visage de prof s'illumina, il lui semblait que son corps flottait au-dessus du siège.

Ingrid lui fit une longue bise sur sa joue nouvellement imberbe.

— Je te préfère sans barbe, lui chuchota-t-elle à l'oreille.

Prof venait de rajeunir de trente ans. Un sourire ensoleillé se dessina sur son visage.

Il s'approcha de l'élue de son cœur et lui rendit son baiser. Tout cela se fit au su et au vu des deux autres passagers.

Le soubresaut de l'appareil touchant la piste mit fin aux premiers élans des nouveaux amoureux.

Après quelques minutes, l'avion s'immobilisa suivi de quelques instants d'attente. Le commandant de bord annonça qu'ils étaient arrivés à destination et que les formalités douanières étaient acquittées.

Au pied de l'avion se trouvait un 4X4 de luxe.

Les affaires de nos héros furent avalées par l'immense coffre du véhicule.

Après quelques moments, nos amis prirent place dans le véhicule.

Le monstre de métal démarra.

Les quatre passagers étaient assis confortablement à l'arrière dans de magnifiques fauteuils en cuir blanc. Le véhicule possédait un petit salon luxueux climatisé. Bar, télévision grand écran, chaine hifi, rien ne manquait.

Prof s'adressa à la comtesse.

— Ma chère, permettez-moi de vous féliciter pour votre accueil.

— *Tout le mérite est à Ingrid, Professeur.*

— Ma chère Ingrid, reprit Siegfried, vous m'éblouissez.

Il s'approcha vers elle et lui fit un baise-main.

— Où allons-nous, chère comtesse ? Interrogea l'ancien.

— *Nous nous rendons à l'endroit qui fut le berceau de mon enfance, à Libbi āli plus exactement.*

C'est un petit douar qui se trouve à deux heures de route. Ingrid, peux-tu proposer des rafraîchissements s'il te plait ? Ils se trouvent dans le bar du milieu.
Je vous propose pour rendre la route agréable de regarder un film. Qu'en pensez-vous ?

Pourquoi pas, reprirent-t-ils en cœur.

L'écran s'alluma, laissant apparaître le dernier Lucas.

Tous apprécièrent la séance et se laissèrent porter vers le petit village.

Les deux heures de route prirent fin.

Le véhicule entra dans un bourg de deux cents âmes environ.
La limousine noire 4x4, ne passa pas inaperçue.
Celle-ci roulant aux pas, permit aux enfants du village de l'entourer tout en courant à ses côtés.
Les cris de joie résonnaient à travers les petites ruelles étroites, de styles méridionales, habillées de maisons blanches.

Le véhicule dépassa le village et se dirigea vers une bâtisse se situant aux abords de celui-ci.

Le nuage de poussière qui suivait prit fin au devant de la porte d'entrée.

Cette dernière ressemblait aux portes en forme de fer à cheval, dessinées dans les palais des contes des milles et une nuit.

Les battants s'ouvrirent laissant apparaître un vieil homme de type hindou. Il était vêtu d'un costume blanc, son couvre-chef se composait d'un ruban de couleur rouge entourant sa tête. L'individu était de bonne taille, le teint mat et sa barbiche noire le faisaient sortir tout droit des légendes orientales.

Il se précipita vers le 4X4 et ouvrit la porte à la comtesse.

— Oh ! Plus belle d'entre les belles, as-tu fait bon voyage ! S'exclama-t-il, en s'adressant à Astrée.

— *Mes amis je vous présente Archmed, flatteur parmi les flatteurs ! Renchérie Astrée.*

Un rire commun monta vers les cieux.

La petite équipe franchit le seuil de la grande porte.

Siegfried et Josh furent saisis par la magie du lieu.

La porte n'était pas l'ouverture principale permettant d'accéder directement à la bâtisse, mais permettait d'embrasser du regard un jardin ressemblant au palais de l'Alhambra à Grenade, en Espagne.

L'entrée débouchait sous une arcade, de là, nos héros pouvaient voir dans le prolongement de celle-ci un bassin d'une centaine de mètres de long sur quatre de large.

Au milieu, tous les vingt-cinq mètres, s'élevait un jet d'eau projeté sur trois mètres en hauteur.

Les mosaïques ornant le fond du bassin donnaient à l'eau une couleur émeraude des plus jolies.

Le pourtour du point d'eau était agrémenté d'une pelouse d'un vert sombre. Celle-ci était ornée d'orangers et de citronniers à intervalles réguliers.

Le jardin à toit ouvert était délimité par un chemin sous arcades tels les palais marocains. Chaque pilier était habillé de mosaïques multicolores.

Au loin, les deux hommes remarquèrent une fontaine en marbre blanc. Celle-ci semblait érigée afin de marquer la fin du jardin tout en indiquant l'entrée de la demeure.

Archmed les devança. Les convives le suivirent. Ils empruntèrent une allée sous arcades. Celle-ci les mena à l'entrée du palais.

À l'intérieur, la décoration sobre, mais non dénuée de bon goût fit également son effet.

Les murs étaient parés de riches tentures représentant diverses scènes de contes maures.

Une immense pièce de cent cinquante mètres carrés environ était décorée à l'orientale.

Au fond de celle-ci, une grande porte en bois close indiquait une deuxième pièce.

Pour le mobilier, deux grands canapés en cuir brun siégeaient à droite et à gauche de l'entrée.
Au milieu, deux tables basses rustiques en chêne massif.
Chacune d'elle, avait au centre une étoile de Salomon ciselée. Celle-ci semblait être en laiton. Chaque coin de la table était orné de la même matière. Les meubles étaient de mêmes acabits.

Des coussins étaient posés nonchalamment de part et d'autre dans la pièce. Cette dernière était d'une fraîcheur agréable. Cela tranchait avec la température extérieure.

Au centre trônait un large escalier en bois, montant en colimaçon vers le premier étage. Celui-ci était ciselé et recouvert de feuilles d'or en forme de dentelle.
Ouvrage d'art réalisé par un ébéniste de talent, confia Archmed.
Ce dernier s'éclipsa.

Nos hôtes avaient pris place dans le même canapé.

La comtesse se dirigea au centre de la pièce puis prit la parole.

— *Ma chère Ingrid, mon cher Siegfried et mon tendre Josh. Je souhaite que ce séjour vous soit agréable.*
Vous êtes ici chez vous. Cela fait bien longtemps que je ne me suis senti entouré de réels amis. Je vous remercie pour votre affection et amitié.

Même si cela paraît un peu incongru, je veux que vous sachiez que s'il devait m'arriver malheur prochainement j'ai fait le nécessaire afin que ma fortune soit attribuée à chacun de vous. Toutes les personnes étant à mon service devront bénéficier de vos largesses. Ils ne doivent manquer de rien. Pour les fondations caritatives, Ingrid et Siegfried seront nommés à la tête de ces dernières et en prendront la direction...

Prof voulut s'élever, mais la belle jeune femme ne lui en laissa pas l'occasion.

— Cher Professeur, restez assis, je vous en prie. Ne me rendez pas la tâche plus difficile. Je désire que ce soit le seul point noir de votre séjour. De plus, je ne me trompe rarement sur les personnes, Siegfried.
À partir de maintenant, profitons pleinement de ma demeure ainsi que de ses alentours.
J'ai demandé à Archmed de nous préparer chaque soir des dîners dont il a le secret. Vous m'en direz des nouvelles et Ingrid ne me contredira pas.

Ingrid d'un regard triste lui sourit.

— Je vous propose qu'à présent chacun regagne sa chambre et que nous nous retrouvions au souper, je dois donner des dernières directives.

De ce pas, la comtesse Casanueva disparut derrière la porte en bois massif.

Ingrid et Siegfried empruntèrent l'escalier et regagnèrent le premier étage où se trouvaient les chambres.
Laissant volontairement Josh avec lui même.

Prof le connaissait bien et il savait que celui-ci désirait être seul.

Après quelques moments et après s'être renseigné auprès d'Archmed, le jeune homme regagna la chambre d'Astrée situé également au premier étage.

En entrant dans la chambre de sa bien-aimée, il sentit son parfum planer dans l'air. Il sourit et s'allongea sur le lit et s'assoupit.
Il était presque 19h 30 quand la porte s'ouvrit.
Astrée découvrit l'objet de son amour allongé sur le lit à baldaquin.

Elle ne fit aucun bruit afin de ne pas le réveiller.

La pièce était considérable, une grande porte-fenêtre en face de la porte d'entrée donnait accès à un balcon. Inaccessibles pour le moment, les volets étaient fermés. Seules les quelques dernières lueurs du jour passant à travers les persiennes créaient une ambiance feutrée.

Elle s'assit sur le siège auprès de la coiffeuse et d'un regard tendre et attentionné observa le bel adonis.

Tous ces siècles passés à attendre son grand amour et aujourd'hui, il était devant elle. Elle comprenait enfin ce que l'on pouvait ressentir auprès de l'être aimé.

Son cœur se serra, car par ironie du destin, c'était par amour pour lui, qu'elle devait renoncer à ce cadeau de la vie.

Aucune révolte, aucune rancœur, au contraire elle remerciait le ciel de lui avoir envoyé Josh. Car elle savait aujourd'hui qu'il n'y avait pas que ruine, destruction et guerre dans ce monde. Il existait également l'Amour. Cette idée lui permettait d'accepter l'inéluctable.

Josh ouvrit ses beaux yeux vert gris et l'aperçut. Immédiatement son visage s'illumina.

— Mon Amour. Dit-il. Tu es là depuis longtemps ?

— *Assez pour t'observer, mais pas assez pour m'en lasser.* Répondit-elle en souriant.

Les deux amants s'étreignirent et s'embrassèrent longuement.

Leur passion les emporta. Leurs mains s'affairaient frénétiquement et la chaleur de leurs baisers s'intensifia.

Dans un dernier geste, Astrée repoussa avec douceur son bien aimé.

— *Je t'en prie, mon Amour. Non! Pas aujourd'hui, pas comme cela. Ne crois pas que je me refuse à toi, Je t'aime. Je désire seulement que ce jour d'amour soit le plus beau, pour toi et pour moi.*
Quand tout sera fini, je me donnerai à toi.

Elle prit sa main, caressa le cou de Josh et l'embrassa.

Josh la contempla et lui sourit.

— Je ressens la même chose pour toi ma chérie. Moi aussi je souhaite que ce soit un moment inoubliable. Mais si nous n'en sortons pas vivants ?

Astrée lui répondit :

— *Je suis sûre que notre amour sera le plus fort, et si nous ne devions pas survivre, notre amour continuera dans l'au-delà.*

Josh acquiesça, ils se prirent la main et quittèrent la pièce.

La chambre resta vide et pourtant un visiteur aurait pu sentir le sentiment de passion qui animait les deux amoureux. Celui-ci restait suspendu dans l'air tel un parfum enivrant.

Le soir était venu, nos amis se retrouvèrent autour d'une table dressée avec soin par Archmed.
Toutes les senteurs des mets d'orient semblaient être réunies.

Astrée faisait bonne figure, Josh était à ses côtés. Les jeunes gens, tout en restant discrets ne cachaient plus leur idylle. De temps à autre, la main de Josh se posait sur celle de la comtesse et vice versa.

Tous étaient conscients de la menace de Baal, mais ce soir elle n'entacherait en rien la soirée.

Archmed était présent à la table, Astrée n'avait pas d'employés à proprement dire, mais des personnes aimantes qui la servait.

Au fil des années ils étaient devenus des amis proches et de toute confiance. Archmed en faisait partie.

Le plateau de douceurs arriva, cela fit la joie de Siegfried. Il s'adonna à sa gourmandise tout en se culpabilisant.

Les autres convives ne purent que s'amuser de la situation.

Josh n'était pas bavard depuis quelque temps.

Il était présent, mais soucieux.

Il regardait son père adoptif, Ingrid et sa tendre Astrée.

Leur joie emplissait son cœur, cependant une ombre sinistre l'empêchait d'apprécier pleinement la compagnie des êtres chers.

Cette silhouette sombre se nommait Baal.

Astrée se rapprocha de Josh et lui chuchota.

— *Ne pense pas à lui, nous le rencontrerons bien assez tôt. Profite du moment présent. Regarde ton oncle, il fait plaisir à voir.*

Josh lui sourit.

— Tu as raison ma chérie, je suis stupide.

Pour toute réponse, elle lui sourit.

Ce même sourire qui faisait oublier à son aimé ses sombres pensées.

La comtesse profita du moment du café pour annoncer que Josh en sa compagnie irait au village le lendemain, en matinée.

Prof déclara que si cela ne posait pas d'inconvénient, il préférerait rester auprès d'Ingrid.

Mme Casanueva donna sa bénédiction.

Elle rajouta.

— *Attention Professeur, pas de bêtises.* Dit-elle en riant *Ingrid est comme ma fille.*

Siegfried se défendit en invoquant qu'il faisait partie des derniers gentlemen.

La bonne humeur resta de mise jusqu'à la fin de la soirée. Astrée et Josh prirent congé laissant Prof et Ingrid seuls.

— Si nous allions nous promener dans le magnifique jardin. Proposa Siegfried.

— Avec plaisir, mon cher.

Zelmun lui tendit le bras, la belle dame s'empressa de le rejoindre.

La nuit était magnifiquement étoilée. La Voie lactée étendait son manteau blanc tacheté.

La dernière remarque d'Astrée sur le propos qu'Ingrid était comme sa fille intriguait Prof. Il ne manqua pas d'en faire la remarque à sa compagne.
Ingrid fut embarrassée et après quelques moments d'hésitation, lui répondit :

— En fait, Astrée m'a recueilli lorsque j'avais cinq ans. Je n'ai pas connu mes parents, ils m'ont abandonnée. Elle s'est comportée avec moi comme la mère que je n'ai jamais eue.

Perplexe Siegfried prit la parole.

— Mais, comment est-ce possible, tu dis qu'Astrée t'a recueilli, mais la comtesse à tout au plus trente ans et toi, sans t'offenser, cinquante.

La dame aux yeux de félins le rectifia avec un sourire gêné.

— *Cinquante-sept.*

Il renchérit.

— Ma chérie, tu les portes à merveille. Concernant la comtesse quel est ce mystère ?

Ingrid prit un ton sérieux.

— *Siegfried, est-ce vraiment important à tes yeux l'âge d'Astrée ? C'est une femme merveilleuse et belle.*

Quand je parle de sa beauté, c'est celle de son âme que je décris. Dans mes souvenirs les plus reculés, je ne vois qu'une femme faisant le bien, aidant son prochain. Jamais un mot plus haut que l'autre, ne supportant ni la misère, ni le malheur.

Oui c'est vrai, sa jeunesse est un mystère mais que m'importe !

Même si aujourd'hui, je suis obligée de me faire passer pour l'intendante pour ne pas éveiller la curiosité des gens. Je m'en moque. Je lui serai reconnaissante à vie.

Personne ne me fera me séparer de ma mère adoptive et...

Voyant que sa bien-aimée s'emportait, Siegfried l'interrompit.

— Ma chérie, calme-toi ! Je me moque de l'âge de la comtesse ! Peu m'importe tout cela. Je réalise que l'essentiel c'est d'être avec toi. Oublie ma question et excuse-moi, c'est vrai après tout, pour qui je me prends. Cette femme est exquise et je me permets d'être suspicieux à son égard ; excuse-moi encore ma chérie.

Prof prit Ingrid dans ses bras et l'embrassa. La lune resplendissante et l'air tiède furent pris pour témoins.

Nos deux amoureux quittèrent le jardin et gagnèrent la chambre d'Ingrid.

La nuit expirait ses dernières étoiles, le simoun chantait quant au jour, ses premiers rayons pointaient.

Astrée et Josh avaient pris le chemin du village en mi-matinée.
Leur arrivée ne passa pas inaperçue dans le gros 4X4.
Le temps semblait s'être arrêté dans le petit bourg.
Les gens vivaient au rythme d'autrefois.
La place du village se parait d'échoppes aux paravents colorés. Les fruits et légumes et les vanneries exposées accentuaient le caractère rustique du douar.

La comtesse était appréciée, un sourire, un bonjour amical. La vendeuse de fleurs tint à lui offrir un bouquet empli de senteurs et de couleurs chatoyantes.

Nos jeunes amoureux arrivèrent près du forgeron.
Josh était tout étonné de trouver ce genre de corps de métiers au vingt et unième siècle.

Astrée lui fit remarquer de manières humoristiques qu'un forgeron était bien utile pour concevoir un fer à cheval ainsi que ferrer nos amis à crinières.
Car effectivement, le cheval avait toujours sa place dans le lieu. De temps à autre les habitants organisaient des courses hippiques à chaque fête du village.

La forge se trouvait à l'extérieur.
Le magasin était une petite mansarde aux murs blanchis à la chaux.
L'irrégularité des briques ainsi que les tuiles en terre cuite et les montants des deux petites fenêtres en bois vieillis et défraîchis accentuaient l'impression d'une construction ancestrale.
La porte se composait de planches fixées sommairement.

La forge était activée par un immense soufflet, ce dernier de son souffle faisait briller les braises du fourneau d'un rouge carmin vif.

Au milieu de tout cela, un homme d'une trentaine d'années s'affairait sans relâche. Il s'appelait Halill Ashnour.

Apercevant Astrée, il posa ses outils, essuya son torse nu où la sueur roulait sur sa musculature impressionnante, et se dirigea vers les visiteurs pour les saluer.

Josh ne comprit pas un traître mot de la discussion des deux intervenants. Mais il était clair que les personnes s'appréciaient. Casanueva présenta Mc Land au forgeron.

À travers les traces de suie maculant le visage du jeune artisan, l'on pouvait déceler une immense gentillesse.

Le jeune homme s'adressa au compagnon de la comtesse tout en lui serrant la main chaleureusement.

Josh ne comprit pas plus le sens de son langage que précédemment.

Cependant, il fut surpris par un mot « Effendi ».

Ce terme signifiait seigneur et maître en orient.

Soudain, le forgeron disparut dans la vieille maison et réapparut avec à la main un plastron en cuir épais ainsi qu'une lourde hache à double tranchant.

L'arme semblait également sortir tout droit de l'époque antique.

L'air surpris, le protégé de Siegfried se tourna vers la comtesse. Son visage exprimait l'interrogation.

Astrée lui répondit simplement :

— N'oublie pas mon chéri, il n'y a pas de hasard.
Halill nous dit que ces armes ont été transmises dans sa
famille de génération en génération. Elles sont adressées
au Grand Guerrier qui combattra le démon. En son âme
et conscience, il pense que c'est toi. C'est un de ses
ancêtres, Briol, qui les a fabriquées.

La stupeur s'inscrivit sur le visage de Josh

— Le Briol de ton histoire ?

— Lui-même.

Renchérit Astrée, son regard sembla un court instant
empli d'émotions.
La belle ne voulut pas s'étendre sur le sujet. Mais elle se
remémora Briol lorsqu'il était venu montrer à la confrérie
son chef-d'œuvre.

Détournant le regard de ses souvenirs, elle conseilla
l'adonis.

— Prends-les ! Dans ce pays, refuser un cadeau est un
affront de plus, nous ne savons pas ce que nous allons
combattre.
N'oublie pas que tu n'as pas autant de ressources que
moi.

Josh remercia le jeune forgeron tout en prenant les
présents.

Il prit la hache en main. Il fut agréablement surpris par la légèreté de cette dernière ainsi que son parfait équilibre.
Le métal de la lame avait été façonné avec dextérité.
« Du vrai travail d'orfèvre », pensa-t-il.
Tout le métal était ciselé de motifs abstraits. Les parties tranchantes avaient fait l'objet d'un polissage particulier. Les rayons du soleil se reflétaient dessus.

Le manche était du même acabit. Il bénéficiait également d'ornements artistiques sculptés à même le bois. Celui-ci avait été taillé dans du tek, arbre à la fibre très résistante.

Le plastron, lui, était à l'image des centurions romains. Il reproduisait un torse musclé. Au niveau du plexus, siégeait un soleil fait de métal doré. Ce dernier protégeait la partie vitale de la poitrine.
Pour le dos, l'armurier avait conçu un rajout en cottes de mailles. Celles-ci étaient fines et très étroite. Une aiguille aurait eu du mal à se faufiler au travers.
Et tout cela était d'une légèreté étonnante.

Tout en prenant congé du forgeron, Josh s'adressa à Astrée :

— Ces objets sont une véritable œuvre d'art.

Ils arrivèrent près du véhicule quand, par curiosité Mc Land enfila la petite armure.
Il finit de l'ajuster, force était de constater qu'elle était à sa taille. On aurait juré qu'elle avait été faite à sa mesure.
La comtesse commenta :

— Si tu avais un doute, pour ton présent, je suis sûre que maintenant il est levé. Tu aurais fait un beau centurion.

Astrée était rongée d'inquiétude pour Josh, cependant, elle redoublait d'efforts pour ne rien laisser paraître.
Elle savait que rien n'était joué. Baal, ne devait en aucun cas être sous-estimé. Jusqu'à preuve du contraire, l'issue de la victoire était incertaine.
Les dés étaient jetés, l'affrontement aurait bien lieu.
Au plus profond d'elle-même, cette conviction y était ancrée.

— L'œil du cyclone. Pensa-t-elle.

Phénomène connu de tous les météorologues. Au centre de la tempête, règne un calme sans équivoque. Accalmie avant le déchaînement des éléments.

Les portes de la limousine se refermèrent, à l'intérieur nos deux amis apprécièrent l'air pulsé de la climatisation.

Astrée s'adressa à Archmed :

— *À la maison, s'il te plait !*

Puis elle appuya sur l'interrupteur qui commandait la vitre de séparation des passagers et du chauffeur.

La voiture démarra, un nuage de poussière s'éleva.
A l'horloge du destin sonnait « H » moins quinze jours.

L'Antre

Le temps était au beau fixe. Il faisait encore chaud en cette période de l'année.

Les pluies commençaient au mois d'octobre. Une partie de l'Iraq bénéficiait d'un climat continental.

La portion montagneuse du Nord avait des températures plus fraîches que celle du sud où le relief était moins accidenté.

La période d'octobre à mai était désagréable.

Cependant, les hivers pouvaient être rudes même si ceux-ci étaient de courtes durées. La neige faisait son apparition dans certaines contrées, mais nous n'en étions pas encore à ce stade de l'année.

Le compte à rebours s'était écoulé inexorablement.

Astrée avait surpris Josh en lui faisant visiter un gymnase privé situé à l'arrière du petit palais.

Il n'y manquait aucun agrès.

Barre fixe, corde, trampoline, etc.

L'athlète avait passé la majeure partie de son temps à s'entraîner.

La différence de sa préparation habituelle était qu'il revêtait son plastron.

Il était primordial, pour lui, de s'habituer à évoluer avec cette protection.

Sans cesse, il apprenait à manier sa hache. Il adaptait son savoir martial à sa nouvelle arme.

Josh pratiquait les arts martiaux depuis l'âge de 12 ans.

Il connaissait plusieurs formes de kung-fu.

Celui de la grue blanche, du long poing ainsi que la pratique de la forme complète du tai-chi, forme yang. Ces disciplines incluaient le maniement de plusieurs armes blanches.

Nunchaku, naguinata, sabre chinois, bâton.

Ce n'est que par la suite qu'il s'était lancé dans les compétitions de décathlon et d'athlétisme.

Son intérêt pour les arts martiaux lui était venu en regardant le combat mythique entre Lee Jun Fan, plus connu sous le nom de Bruce LEE et Chuck Norris dans le film « la fureur du dragon ».

Cet extrait de film lui avait donné le goût pour les sports de combat chinois. Aujourd'hui il remerciait Jun Fan.
Sans lui…

Après des heures d'exercices, Josh avait fini par trouver le maniement le plus adapté à l'arme ancestrale.

Au cours d'un de ses entraînements, Astrée lui rendit visite. Mc Land ne s'aperçut pas de sa venue.

Elle l'observa sans mot dire. Elle fut subjuguée par la félinité qui se dégageait de ses mouvements. Chaque saut était précis. À aucun moment l'équilibre n'était rompu.
La hache virevoltait autour de lui avec dextérité.
La rapidité était telle qu'à certains moments, il était impossible de suivre la trajectoire de l'arme tranchante.

« Quel athlète merveilleux » pensa-t-elle.

À la fin de ses déplacements, Josh détecta sa présence.
Il était tout en sueur. Il abandonna son matériel et se dirigea vers la belle.

Le gymnase avait pour superficie cent cinquante mètres carrés.
Les murs épais permettaient une chaleur acceptable pour s'entraîner.
Il y avait très peu de fenêtres et celles-ci étaient de petites tailles, permettant de parer aux effets désagréables de la moiteur.

Il arriva à proximité de sa dulcinée et l'embrassa.

— Tu es en nage ! Lui dit-elle.

Elle prit la serviette posée sur le petit banc et l'essuya.

— *Cela fait quinze jours que tu t'exerces sans relâche. Il serait bon que tu te reposes pour demain soir.*

— Je crois qu'il suffit pour aujourd'hui, j'avais l'intention de m'arrêter. As-tu l'heure ?

— Il est quinze heures. J'ai demandé à Archmed de préparer le dîner pour 19h 00. Je souhaite prendre un bon repas. As-tu un souhait particulier ?

— Non ! Tu sais des fois quand je repense à tout cela, je me demande si je ne rêve pas.

Nous sommes à la veille de la date fatidique et j'ai l'impression que cela n'est pas vrai. Ces derniers jours se sont écoulés à une telle vitesse.

Astrée sans détour lui rétorqua.

— Quand nous redoutons une échéance, ce n'est pas parce que nous voulons éviter d'y penser que celle-ci n'arrive pas.
Demain, je souhaiterais que nous partions de bonne heure, sans prévenir Prof et Ingrid.
Je veux profiter..., elle hésita puis rajouta, de ma dernière journée avec toi.

Josh s'approcha, il l'a pris dans ses bras. Jamais, il n'avait senti autant de détresse en son amour. Elle tressaillit et sanglota.

Josh, de son mètre quatre-vingt-sept ne put que la serrer fort contre lui. Que le sentiment d'impuissance est terrible, pensa-t-il.

— Excuse-moi, lui dit-elle. Je n'ai pas le droit de me laisser aller. Pour toi aussi, cela est difficile, je suis égoïste.

Sur un ton plein de tendresse, il lui chuchota :

— Non, c'est le destin, l'égoïste.

Ils quittèrent le gymnase pour se rendre au palais.

Deux chaises longues étaient installées dans le jardin près du bassin. Le soleil annonçait quinze heures.

Siegfried et Ingrid en goûtaient les agréments tout en appréciant un cocktail de jus de fruit dont la dame aux cheveux d'ébène avait le secret.

Ingrid s'adressa à son ami :

— *Tu es inquiet, je le sens, Siegfried.*

— On ne peut rien te cacher. Lui avoua-t-il.

Prof continua le dialogue :

— Rien ! Rien ! Ni Astrée, ni Josh ne nous informent de quoi que ce soit. Cela fait quinze jours que nous apercevons Josh que quelques instants après ses entraînements. Je sais qu'il me cache quelque chose…

Ingrid le coupa :

— *Josh n'est plus un petit garçon, mon chéri. Je comprends, tu le vois encore comme un petit garçonnet. Tous les parents réagissent ainsi. Mais tu sais la peur n'évite pas le danger. Laisse les évènements suivre leurs cours. Chasse tes sombres pensées.*
Pour changer de sujet, ce soir Astrée désire que nous soyons en tenue de soirée et que nous nous rendions au dîner pour dix-neuf heures.

Elle m'a laissé entendre qu'elle voulait passer une agréable soirée en notre compagnie. Je pense que nous devrions tranquillement aller nous préparer. Allez viens !

Ingrid se leva la première et prit son Siegfried par la main et le tira de sa chaise. Celui-ci bougonna, mais après quelques minutes lui fit un grand sourire et se laissa faire. Il ajouta :

— Décidément, ta présence m'est aussi nécessaire que le jour est lié au soleil. Je te suis.

Alliant la parole au geste, il emprunta ses pas tout en lui donnant une petite tape sur ses fesses.

— *Coquin !* lui rétorqua-t-elle sans se retourner.
Ils disparurent à l'intérieur de la bâtisse.

L'heure du repas arriva.
Tous nos amis, à l'exception d'Astrée, se retrouvèrent dans la grande salle à manger située derrière la grande porte en bois du salon.
Celle-ci d'ailleurs donnait accès à d'autres couloirs et diverses salles, ainsi qu'aux cuisines.

Le décor tranchait avec celui du salon. Cette pièce était décorée à la mode ibère. Au centre, siégeait une grande table monastère pouvant accueillir vingt convives.
Celle-ci, bien qu'étant rustique et massive comportait des pieds de soutènements sculptés en spirales.

Quant aux rebords du plateau, de fines fresques étaient incrustées dans le bois.

Les chaises, ou plutôt les fauteuils étaient rehaussés de grands accoudoirs et d'assises tapissées d'un tissu strié de rouge et de jaune.
Au dessus et au centre du dossier, une tête de griffon tirant la langue, trônait.

La table était dressée magnifiquement.
Verres en cristal, couverts en argent incrustés de liserés d'or.
Assiettes de porcelaine directement issues de la manufacture de Sèvres. La même où madame de Pompadour s'approvisionnait.

Cinq invités étaient attendus.

Deux chandeliers, de part et d'autre, en argent massif représentant des sarments de vignes se dressaient tenant chacun cinq chandelles.

— Mais c'est Versailles, laissa échapper Prof.

Archmed était présent, tous s'installèrent laissant le siège en bout de table vide.

Chacun était paré de ses plus beaux atours.
Ingrid était vêtue d'une longue robe noire, dos nu, composée de soie et de voilages.

Siegfried et Josh s'étaient habillés en smokings noirs classiques. Seule la couleur des nœuds papillon différait.
Bleu nuit pour Josh, blanc ivoire pour Zelmun.
Archmed avait revêtu son costume traditionnel hindou.
Son couvre-chef se composait d'un ruban de satin blanc.
Une broche, munie d'un immense saphir bleu entouré d'or, maintenait le tout.

Quelques échanges verbaux fusèrent.

La porte s'ouvrit et Astrée apparut. Elle resplendissait.
L'assemblée s'émerveilla.
Ces cheveux étaient coiffés en chignon et ses yeux de par son maquillage étaient éblouissants. Leurs éclats n'avaient d'égale que la parure de diamants qui agrémentait sa personne.

Elle était parée d'une robe longue tout en écailles d'argent. Celle-ci prenait naissance au cou de la « sublime » et tout en épousant ses formes, finissait en entonnoir étroit mourant au début de ses chevilles.
Ce tissage apparentait la comtesse à une sirène.

Josh se leva, et lui fit un baise-main.

— Tu es merveilleuse, mon amour. L'astre du jour lui-même ne peut rivaliser avec toi.

Il retira le fauteuil afin qu'elle puisse prendre place, présidant ainsi l'assemblée.

Les mets, les vins défilèrent. Une vraie table de roi.

Après le dessert, Archmed alluma un vieux gramophone.

Une valse fit résonner ses notes de musique à travers la pièce.
Le grésillement du disque replongeait les danseurs à l'ère du vinyle.

Tous passèrent une soirée formidable.
Le moment de se quitter arriva.

Siegfried et Ingrid remercièrent Astrée et prirent congé.
Archmed fit de même.

Astrée et Josh se prirent par la main et montèrent le grand escalier.
En passant devant l'horloge Josh remarqua qu'il était une heure du matin.

À voix basse.

— Ca y est, nous y sommes !

Astrée lui sourit tristement en ajoutant :

— *Eh oui ! Mon amour.*

Ce furent les seuls mots échangés.
Ils se séparèrent et se rendirent chacun dans leur chambre.

La nuit les engloutit.

Au matin, les rayons du soleil frôlèrent à peine l'horizon. Le palais était encore endormi, seules deux silhouettes sillonnaient furtivement les couloirs.
L'une gracieuse et féminine, la seconde imposante et virile.

Ils étaient habillés d'une sorte de treillis noir. Le même genre que l'on pouvait voir dans certains films policiers. La plus grande des ombres portait un sac à dos d'où dépassait un manche en bois.

Arrivés à la porte principale, ils la déverrouillèrent silencieusement. Dès l'ouverture du vantail, la lueur du soleil s'engouffra dans le salon créant sur le carrelage deux longues ombres étirées.
Le battant se referma sans bruit.

Les cheveux châtains d'Astrée étaient défaits. Malgré l'accoutrement masculin, elle restait d'une féminité sans égale. Josh était à quelques pas derrière elle et la contemplait.

Une fois sortis du palais, le dialogue s'établit :

— Pourquoi partons-nous si tôt ? Questionna-t-il.
Il me semble que nous ayons le temps.

La comtesse lui répliqua :

— *Effectivement, nous avons le temps. Je veux passer la journée, seule avec toi. Je connais un endroit, non loin d'ici et également près de la grotte, où nous pourrons*

attendre le moment crucial. Ne fais pas cette tête, viens,
mon amour !

Ils se mirent à courir. Ils s'esclaffèrent au même moment.
Ils empruntèrent un sentier qui les emmena vers les cimes
rocheuses.

Après une bonne heure de marche, ils prirent position sur
un petit plateau, surplombant la vallée.

À leurs pieds s'étendait sur plusieurs kilomètres une
vallée riche en rocailles, buissons et diverses
végétations.
Josh fit la remarque que cela ressemblait presque à
l'Ardèche, région du sud-est de la France.

Le jeune pointa du doigt.
Un aigle planait à quelques mètres au-dessus d'eux. Son
envergure avoisinait les deux mètres.

Astrée pensa à voix haute.

— *Au moins lui, il est libre. Aucune entrave, seul son vol*
le guide.

L'adonis ne répondit pas.

Toute la journée fut un échange de souvenirs d'enfances,
de joies, de tristesses. Ils mangèrent frugalement deux
sandwiches chacun et burent de l'eau de source au
préalable rempli dans une gourde à la fontaine du palais.
Quelques fois, ils s'embrassèrent longuement.

Pour un passant visualisant la scène, ceci n'était qu'un simple pique-nique en amoureux. La seule curiosité était que les amants étaient en treillis.

Inévitablement, le sujet de la discussion bascula sur l'affrontement et l'après.

Josh posa une première question.

— Comment accèderons-nous à la grotte sans nous faire remarquer ?

Astrée lui répondit tout en refaisant les lacets de ses chaussures.

— *Il n'y a qu'un moyen pour entrer et sortir de la grotte. La téléportation.*

Le ton inquiet, l'athlète rétorqua.

— Mais, il m'est impossible de te suivre. Comment…

— *Je te téléporterai, mon chéri. Il ne faut pas t'inquiéter. Tu sentiras des picotements et avant même que tu ne puisses dire ouf ! Tu seras de l'autre côté.*
Quand nous apparaîtrons, Baal aura déjà commencé la cérémonie. L'animal sera déjà sacrifié.
En aucun cas, il ne faudra l'interrompre.
Pendant qu'il récitera ses incantations, nous serons dans l'impossibilité de l'approcher. Il sera sous un halo de protection. Il sera à nouveau vulnérable uniquement lorsque la bête sera présente.
Le reste je le découvrirai avec toi.

L'air ahuri, Josh renchérit :

— D'où tiens-tu ces informations ?

Elle soupira et lui répondit :

— *Je fus au chevet d'Hélias. Il avait fini par comprendre que je ne faisais pas partie de ses semblables.*
Il mit mon éternelle jeunesse sur les hasards de la nature et la volonté de Dieu.
Avant de mourir, il me révéla ces détails de la cérémonie. Pour toute explication, il ajouta qu'il ne pouvait me révéler l'origine de ceci. Puis avant d'expirer son dernier souffle, il me chuchota à l'oreille.
« Ma fille, que la chair est faible et que l'homme est stupide. J'espère que le tout puissant me pardonnera ».

Un râle mit fin à sa phrase.

Astrée reprit et déclara que le vieux moine emmena son secret dans la tombe.

La jeune femme et son galant s'allongèrent en dessous d'un petit arbre, et s'adossèrent au tronc. Leurs regards étaient tournés vers la plaine.
La première étoile perlait dans le ciel.

Leur chaleur les réconfortait, ils se blottirent l'un contre l'autre.

Ils s'assoupirent.

Trois heures étaient passées, Josh se réveilla en sursaut.

Astrée lui mit la main sur l'épaule et lui demanda de ne pas s'inquiéter.

Josh fut surpris du réveil de sa dulcinée.

La nuit était belle et étoilée.

Drôle de moment pour combattre pensa-t-il.

Il sortit son plastron de son sac et voulut l'ajuster.
À son grand étonnement, il ne put l'enfiler, la veste de treillis était de trop. Il se retrouva torse nu.
Il réessaya et cette fois-ci, la petite armure s'ajusta comme un gant.

— Un plastron antique avec un pantalon moderne, je me fais l'effet d'un drôle de centurion. Lança-t-il à la jeune femme qui rectifia.

— Mon beau centurion,... mon beau centurion ! En accentuant l'adjectif possessif.

Ils ramassèrent leurs affaires et se mirent en route.

Nous avons trois quarts d'heure de marche, informa Astrée.

Josh acquiesça d'un son guttural.

La marche fut sans encombre, le clair de lune éclairait leurs pas.

Ils empruntèrent ce qui fut jadis un sentier.

La progression se ralentit. Les buissons et certains arbustes empêchaient un déplacement fluide.

Cependant, ils finirent par arriver devant une paroi rocheuse.

Josh posa sa main sur la façade.

— Voici l'endroit de la fameuse grotte bleue. D'ici tout semble banal.

Il était pratiquement minuit.

Astrée lui accorda sa remarque. Mais son visage avait changé. Elle était concentrée et son regard fixait le roc.

— *Mon amour, nous devons y aller. Es-tu prêt ?»*

Josh déposa son sac, en sortit la hache. Il serra le manche dans la main droite tandis que la main gauche tapotait le plat de la lame.

Auparavant, il avait pris soin de rajuster son plastron. De vérifier ses lacets. Il était fin prêt.

La lune projetait sur la roche l'ombre d'un guerrier qui voulait en découdre.

La comtesse s'approcha, prit la main de l'aventurier, un bruit sourd se fit entendre, quelques poussières furent soulevées.

À l'emplacement de nos deux héros, il ne restait que du vide.

Seule la lune de son disque entier observa l'évènement.

Les dés en étaient jetés.

La déesse et son combattant se rematérialisèrent immédiatement à l'intérieur de la caverne.

Astrée avait préféré apparaître dans le petit couloir donnant accès au repère.

La lueur bleue était toujours présente.
Les parois renvoyaient l'écho d'une voix grave psalmodiant des incantations dans un langage inconnu du soldat.

La jeune femme posa l'index sur la bouche du guerrier en signe de silence.

Ils avancèrent à pas de loup, puis débouchèrent dans la grotte bleue.

Josh fut subjugué par la beauté du lieu. Il était identique à la description de l'immortelle.

Les petits morceaux de pierre bleue incérés dans la muraille donnaient l'impression d'une nuit étoilée au firmament.
Au fond de l'antre, se tenait debout un homme de grande stature, au profil de rapace.

Josh le reconnut immédiatement.

« Le mage noir, Baal. » Pensa-t-il !

Inconsciemment il serra le manche de son arme. Illico il sentit la main d'Astrée se poser sur son bras en signe d'apaisement.

Le sorcier avait bel et bien commencé son rituel.
Trois béliers égorgés gisaient au centre du lieu.
Leurs sangs souillaient la petite rigole où coulait le filet d'eau antique.

Baal, les bras levés, hurlait des mots incompréhensibles au commun des mortels.
Dans sa main droite, il ne cessait d'agiter une canne surmontée d'un pommeau en argent à tête de démon.

Autour du maléfique, un halo sombre se mouvait.

La vénus chuchota à l'adresse de son compagnon.

— *Pour l'instant, nous ne pouvons que nous confiner dans le rôle de spectateurs. L'attaquer en ce moment serait de la folie.*
Il a détecté notre présence, cependant, il ne peut plus interrompre son office.

Josh acquiesça sans quitter le mage des yeux.
L'homme décharné, jetait sa haine et vociférait ses psaumes maléfiques sans interruption. Il semblait répéter toujours la même chose.
De temps à autre, il était pris de convulsions lui donnant l'impression d'être électrocuté.

Une fumée noirâtre semblait l'envelopper.

Soudain, un changement s'opéra dans la grotte.

Tout d'abord, un petit trou noir, sorti de nulle part, se forma non loin du sorcier.

Celui-ci semblait composé de la même vapeur, englobant Baal.

L'ouverture s'agrandit atteignant bientôt une circonférence de deux mètres environ.

Celle-ci tournoyait sans bruit, de temps à autre un éclair noir surgissait de son centre. Le même qui avait pétrifié Josh.

Une odeur nauséabonde s'empara de l'atmosphère.

Astrée et Josh eurent une mimique de dégoût.

L'enjeu était trop important pour s'arrêter à ce genre de détails.

Sans cesse, les éclairs noirs jaillissaient de l'orifice.

Ceux-ci devinrent de plus en plus pressants, jusqu'à ce que l'un d'entre eux foudroie les trois cadavres d'animaux.

L'éclair resta accroché aux trois béliers. Une odeur de brûlé se mélangea à l'infection qui régnait.

Au même moment, le sorcier hurla de douleur.

Il se tut quelques secondes, puis faisant fi de cette dernière géhenne, il reprit son texte.

Quelques mots à peine sortirent de sa bouche quand il poussa un second cri.

Une fulguration identique à la première frappa la pierre non loin des sacrifiés.

À la stupeur de la comtesse et de l'athlète, une émulsion brunâtre apparut.
La foudre noire se déchargeait en elle. Quant aux trois ovidés, ils avaient quitté le sol et lévitaient au milieu des airs.

Un arc électrique les connectait.

Sous les yeux de nos héros, le travail commença.

La matière se mit à gonfler et petit à petit commença à prendre forme. Silhouette imprécise d'un animal aussi gros qu'un bœuf.

Tant que la bête était incomplète, Josh et Astrée ne pouvaient intervenir. Ils rongeaient leur frein.

— N'allons-nous pas commettre l'irréparable en restant ainsi ? Objecta Josh.

— Seul l'avenir nous le dira. Répondit Astrée.

Leurs regards se figèrent sur l'immondice.

L'affrontement

L'atmosphère était toujours aussi pesante à l'intérieur de la grotte.

Le cérémonial battait son plein.

Baal ne cessait de hurler ses incantations, les éclairs noirs étaient toujours connectés à la bête et aux dépouilles des béliers.

La silhouette du monstre se précisait.

Astrée et Josh, impuissants, observaient.

La matière était en train de donner naissance à un animal fantasmagorique.

Il avait une taille d'environ un mètre quatre-vingt au garrot. Sa musculature commençait à se dessiner avec précision. Celle-ci était puissante en des traits grossiers. La tête du monstre ressemblait à celle d'un tricératops surmontée de deux immenses cornes de béliers.

Ses quatre pattes étaient identiques à celles d'un lion. Des griffes noires acérées dépassaient.
Cependant, à la différence des grands félins, les pattes arrière étaient munies chacune d'un ergot sombre de vingt centimètres.
La gueule du monstre, elle, s'apparentait à un immense bec de perroquet. Les yeux étaient ronds d'une couleur ocre.
Il avait pour oreilles, deux orifices de la taille d'un poing.

Son corps se composait, à l'identique du rhinocéros, de plaques de protection. En l'occurrence, celles-ci paraissaient semblables à une carapace couverte de grosses écailles, à la manière des crocodiles.
La couleur du démon s'apparentait à un brun terreux.
Sur son dos étaient dessinées des stries sombres descendant jusqu'à ses flancs.

La bête avait pris vie, un barrissement retentit.

Il ne restait rien des trois béliers sacrifiés. Ceux-ci avaient servi à incarner l'horreur qui se tenait debout au centre de la caverne.

Astrée s'avança à la vue du sorcier.
Le monstre ne réagit pas.

Baal l'aperçut et sans étonnement s'adressa à la vénus.

— Eh bien, nous voilà réunis. L'affrontement final est au rendez-vous. Ne gâche pas ton immortalité ma sœur, une dernière fois joins-toi à moi.

Josh s'avança également.

— Tu as amené ton héraut à ce que je vois. Clama le sorcier.

Astrée prit la parole :

— *Je t'en conjure, Iart, renonce à ta folie. Je suis prête à sacrifier ma vie pour empêcher ton hérésie.*

Contrairement à ce que tu crois, dans cette histoire tu ne peux pas en ressortir vainqueur quelque soit l'issue de la bataille. Une dernière fois…

Baal l'interrompit violemment.

— Arrête tes sermons ! Prépare-toi, ainsi que ton chérubin, à mourir. Ma bête ne fera qu'une bouchée de ton héros de pacotille.
Quant à toi ma sœur, tu vas découvrir que je suis devenu ton égal. La puissance de la bête fusionne avec ma force. Finissons-en ! »

Au même moment, Baal s'éleva dans les airs, vers la voûte de la salle.
Astrée en fit de même.

Les derniers dieux se tenaient face à face, en silence, l'affrontement commença.

La scène était irréelle.

Baal était entouré d'un halo de nuit, la comtesse brillait telle une étoile, accentuant du même coup la brillance des fragments bleus insérés dans la roche.

Le vortex sinistre, de par sa présence, laissait planer l'issue funeste.
Au centre de la caverne, Josh se tenait debout, sa hache à la main. Le monstre était face à lui, il préparait son attaque.

Celle-ci fut fulgurante. L'athlète ne dut sa survie qu'à la rapidité de ses réflexes.
Le mutant passa si près de lui, qu'il put ressentir l'haleine fétide de son souffle.
Emporté par son élan, le monstre percuta la paroi rocheuse de ses cornes.
La puissance fut telle que la caverne trembla.

Au moment de son passage, le champion olympique réussit en un mouvement circulaire de son bras à asséner un premier coup de son arme meurtrière sur le flanc gauche de la furie.

Un frisson d'effroi venait de parcourir notre héros.
La lame ricocha sur le monstre sans lui causer la moindre éraflure. Il semblait recouvert d'une carapace redoutable.

Le prédateur, encore abasourdi par le choc, se retourna lentement en direction de sa proie.

Tel un taureau, la bête racla le sol de sa patte avant gauche, griffue.

Josh se préparait à l'assaut quand la bête changea de tactique. Elle se dressa sur ses pattes arrière, et d'un bond, se jeta sur le guerrier toutes griffes dehors.
D'un roulé-boulé audacieux, Josh put se mettre hors de portée de son agresseur.
Le jeune homme était conscient qu'il ne pourrait rester éternellement à l'abri des attaques du monstre.
Seules son agilité et sa petite taille en comparaison de la bête faisaient, pour l'instant, la différence.

Mais combien de temps tiendrait-il ?

L'affrontement des immortels se faisait en silence.
Seules les différentes variantes des auras ainsi que les grimaces de douleur indiquaient qu'un combat sans pitié avait lieu.

De temps à autre, les adversaires jetaient un regard sur leur combattant.

Astrée ne laissa pas paraître son inquiétude, elle redoubla d'effort afin de prendre possession de l'esprit de son frère.

La querelle se situait bel et bien au niveau spirituel. Celui qui ferait basculer les contreforts de l'âme de son adversaire serait vainqueur.
Il prendrait possession du corps de son ennemi et pourrait donner l'ordre de se donner la mort.
Philéas avait eu recours à la même puissance d'esprit pour mettre fin à ses jours.

Par moments, des soubresauts parcouraient les deux déités.

Pour se protéger, les deux belligérants visualisaient mentalement l'image d'un mur de brique.

A chaque attaque, ce dernier s'érodait. Aussi bien pour l'un que pour l'autre.
A ce stade de l'affrontement, il n'y avait pour l'instant ni vainqueurs, ni vaincus

La bête et le beau s'affrontaient de plus belle.

Le monstre, contrairement à Josh, péchait par son manque d'intelligence.

Pour le bonheur de notre gladiateur, le mutant n'enchaînait jamais deux attaques simultanément.

Mais celles-ci restaient dangereuses.

Josh se rendait compte que l'hybride ne ressentait pas la fatigue. Ses assauts ne s'étaient nullement amoindris.

Tandis que notre soldat commençait à éprouver des signes de fatigue.

Sans compter que son moral était au plus bas. De nombreuses fois, il avait réussi à assener des coups magistraux au citoyen des enfers.

Mais rien n'y faisait, sa lame rebondissait sans cesse sur l'armure d'écailles de l'animal.

Tôt ou tard, le monstre finirait par l'avoir.

Cette pensée percuta l'esprit d'Astrée. Pendant une fraction de seconde son inquiétude l'emporta sur son esprit de combattante. Baal s'en aperçut.

Aussitôt, il ordonna à son serviteur de ne pas cesser ses agressions. Le monstre redoubla d'effort.

À ce rythme Josh finirait par succomber.

L'adonis avait changé de tactiques. Au lieu d'attendre que son adversaire attaque, il courait au-devant de lui comme le font les Recortadores d' Espagne.

La bête chargeait, au dernier moment, Josh se retournait en lui envoyant le tranchant de son arme sur son bec de perroquet béant.

Ce manège sembla durer éternellement. Josh commençait à perdre son souffle.
Cela faisait bientôt une heure qu'il combattait ce monstre.

À la dernière attaque, l'athlète reproduisit le même enchaînement, mais cette fois-ci la hache ripa sur le bec osseux et alla taper sur l'orifice qui servait d'oreille au mutant.
Bien que la vouivre ne réagît à peine il se produisit un phénomène étrange.

Seule la jolie déesse s'en aperçut.
Au moment du léger geignement du monstre, une légère panique s'empara de Baal.

Astrée s'adressa par télépathie à son bien-aimé.

« Essaie de frapper ton adversaire à nouveau dans la région de l'oreille. »

Josh réitéra son assaut avec succès.
À nouveau l'animal émit un léger grognement.

Des perles de sueurs commençaient à ruisseler sur le front du mage.

Cette fois-ci, la comtesse hurla :

« Recommence !»

Le mur mental de Baal était en train de s'effondrer. Soudain, la belle déesse trouva ce qu'elle cherchait.

Elle insuffla sa découverte à l'esprit de son héraut.

Les deux immortels lévitaient à proximité du plafond de la grotte.

Tout en se combattant, ils observaient le tournoi se déroulant à leurs pieds.

Josh se mit à fuir le monstre.
Il courait comme un dératé au-devant de la bête.

La grotte étant de forme circulaire, les deux belligérants décrivirent dans leur course un cercle sans fin.

Sinistre numéro de cirque pensa Mc Land.

Baal éclata de rire.

— Est-ce cela ton preux chevalier, Astrée ? Un couard oui !
Regarde-le détaler devant ma bête. Allons ma belle prépare toi à pleurer.

Josh courait sans cesse, par chance le monstre, de temps à autre, percutait la paroi ce qui avait pour résultat de ralentir sa course. Par bonheur, en aucun cas l'hybride ne pensa à couper le cercle.

Le souffle fort du mutant résonnait dans la caverne.

L'athlète tourna la tête afin de jauger la distance à laquelle se trouvait son persécuteur.
Il en oublia la rigole où s'écoulait la source, il trébucha.

La bête fut surprise, elle n'arrêta pas sa course. Tel un train sur sa lancée, elle continua sa trajectoire.
Par miracle, l'adonis passa sous le ventre de l'animal.
Sans son armure, le soldat aurait certainement été blessé par les petites excroissances rocheuses se trouvant sur le sol.
La cotte de maille le protégea.
Par réflexe tout en empoignant son arme, il se protégea le visage à l'aide de ses mains.

Au passage, le monstre percuta de sa patte arrière les côtes gauches de Josh.
Le jeune homme poussa un cri de douleur. Malgré cela, il fit un roulé et se retrouva debout à l'arrière du démon.

De la main gauche, il se tint les côtes.

Baal exultait, Astrée restait de marbre.

L'animal de son air gauche fit demi-tour et s'immobilisa.
Il chargea à nouveau. Josh tenta le tout pour le tout.
Il fonça droit vers le mur, à l'opposé.
S'il échouait, le doute ne subsistait pas, il en était fini de lui.

Le fauve à bec d'oiseau se lança à la poursuite de son repas.

À chaque pas, ses muscles massifs remontaient et descendaient violemment et son poids martelait le sol.

Sa tête oscillait de haut en bas dans un ballet frénétique.

Son râle rythmait chaque foulée.

Le mur arriva à grande vitesse vers l'homme au pourpoint.

Sous le regard interrogateur des dieux, Josh ne ralentit pas, il continua son sprint. De par son inertie il fit un pas sur la paroi puis deux. Au troisième, il rebondit et s'arcbouta vers l'arrière formant une demi-lune.

Il tenait toujours sa francisque à la main droite.

Au même moment, l'animal percuta à nouveau la roche.

Tel un oiseau Josh écarta les bras, il se trouvait à présent la tête vers le bas. Tout son corps formait une croix à l'envers juste au-dessus du monstre et continuait à dessiner un cercle aérien.

L'onde de choc créée par le mutant fit se détacher quelques fragments rocheux, ceux-ci entamèrent leur course en direction du sol.

Tout semblait se passer au ralenti.

Le rendez-vous de la roche et de l'hybride ne fut pas bénéfique à ce dernier.

Sous le choc, ses pattes se dérobèrent sous lui.

Il s'écroula tel un sac de son.

Mc land acheva son évolution, il commençait à se préparer à sa réception.
Il écarta ses jambes, le contact entre les écailles et le postérieur de l'acrobate fut rude.
Le paladin se retrouva à califourchon sur le dos de l'animal.

Le souffle de ce dernier marquait le rythme tel un métronome.

Josh prit sa hache à deux mains, il la leva au-dessus de sa tête pour frapper de toutes ses forces.
L'arme s'abattit dans un baiser mortel à la naissance de la nuque de la bête.
La lame s'enfonça dans les chairs, accompagnée par des craquements osseux sinistres.

À l'instant où le tranchant métallique finissait sa course, un hurlement fusa de la gueule de la créature des enfers.
Cette dernière mit sa tête en arrière, tel un loup voulant faire son chant à la lune.

Un autre cri fit écho.

— Noooonnn ! Le sorcier au visage de rapace hurla tel un damné.

La lueur d'Astrée redoubla pour devenir aussi éclatante que celle du soleil.

Le guerrier grimaçait suite à l'effort colossal qu'il venait de faire. Son visage était maculé du sang noir de la bête.

Les pierres tombantes venaient de toucher terre.

Le temps sembla se figer, puis le silence reprit ses droits.

Des sanglots commencèrent à émerger du fond de la grotte.

Mc Land les entendit et se retourna, à sa grande surprise ce n'était pas sa belle qui pleurait, mais bel et bien Baal.

Il était à genoux, prostré au sol, le visage dans ses mains. Les deux immortels avaient à nouveau touché le sol. Josh descendit de sa monture infernale et se dirigea vers Astrée, à pas mesurés, et lents.
Son visage était marqué par la fatigue, de temps à autre une mimique de douleur déformait son faciès.

La comtesse ne quittait pas son frère des yeux.
Mais celui-ci semblait définitivement vaincu et résolu à son sort.

Leurs regards se croisèrent, Astrée eut pitié de lui.

Iart l'interpella en sanglots.

— Ma sœur je t'en supplie aide moi. Ne les laisse pas me prendre.

À ce moment, un nuage de petites braises rouges incandescentes sortit de l'œil noir. Celui-ci vola paisiblement à travers la caverne.

La nuée semblait être à la recherche de quelque chose.

Elle passa devant Josh et Astrée s'en leur prêter attention. Le nuage passa au-dessus du cadavre de l'hybride et se dirigea lentement vers Baal.
Le sorcier se mit à hurler.

— Nooon, noooon !

Doucement, le brouillard rouge entoura l'homme maléfique.

Iart se mit à se débattre, sans succès.

La volée de braises s'immobilisa, puis après quelques secondes, chaque particule épousa la silhouette de l'homme à terre.

Astrée se tenait debout droite, son regard ne pouvait quitter la scène des yeux. Son bel amant présageant la fin tragique l'attira vers lui et lui cacha le visage contre son torse.

Au même instant, les tisons se posèrent sur Baal. Chaque point de contact donnait naissance à de petites volutes de fumée grise.

L'immortel hurla de plus belle.

Le spectacle était insoutenable. Ces chairs commencèrent à se putréfier. Des lambeaux de muscles se détachèrent.

Les cris résonnèrent à travers la grotte.

Le mage noir fut soulevé dans les airs, transporté par cette chose étrange, et prit la direction du tourbillon.

Jusqu'au dernier instant, le sorcier essaya de se libérer de l'emprise démoniaque, en vain.

L'homme fut avalé par la porte de l'enfer.

Le silence refit son apparition. Josh tenait toujours Astrée contre lui. De temps à autre, des sanglots s'élevaient ricochant sur les parois de la caverne.

Tout était redevenu calme.

Le cadavre du monstre gisait toujours dans la pièce.

La hache plantée dans son cou.

Imperceptiblement, le vortex commença à entamer un mouvement de rotation. Au départ très lent, puis au fur et mesure accéléra.

Les deux amoureux ne prêtèrent pas attention à ce changement. Ils restèrent enlacés.

Ce fut Josh qui remarqua le premier le phénomène d'absorption engendré par le mini typhon horizontal. Tout d'abord, quelques fragments de roches se dirigeaient vers l'orifice, puis après quelques instants, disparaissaient dans le trou béant.

L'aspiration prit de l'ampleur. Le cadavre de la bête, malgré son poids, lui aussi irrémédiablement se dirigea vers la bouche goulue.

Le cercle entamait une révolution de plus en plus rapide.

La violence fut telle que le cadavre de l'hybride avait fini par être englouti.

Ce fut au tour des fragments de roche bleue de disparaître. Chacun fut extrait de leur logement pour disparaître dans le trou noir

L'air s'engouffra dans l'entonnoir infernal créant un bruit de plus en plus assourdissant.

La dernière déesse ne semblait plus réagir. Son regard était lointain. Elle semblait étourdie par les derniers évènements.

Josh la pris par les épaules, la regarda dans les yeux, hurla son prénom pour couvrir le vacarme environnant et la secoua.

Ne la voyant pas réagir, il prit son joli visage entre ses mains. Il tapota les joues avec tendresse et chuchota son prénom en prenant soin de le penser fortement.

Le procédé fit son effet, le regard de la jolie comtesse sembla reprendre vie.

Astrée retrouva ses esprits, en un regard elle jugea la situation.

La caverne avait été dépouillée de ses attributs. Il ne restait rien de l'œuvre de Philéas et de sa confrérie. Tout avait été arraché par le vortex affamé. Aucun fragment bleu ne subsistait.

Si les deux amants ne s'enfuyaient pas immédiatement, le trou béant les engloutirait dans une succion mortelle. Immédiatement, elle prit conscience du danger. La téléportation de nos deux héros était impérative.

Astrée se concentra, rien ne se passa. Josh comprit que quelque chose ne tournait pas rond.

Elle réessaya, sans succès.

— Que se passe-t-il ? hurla le tueur de monstre.

Pour toute réponse, la vénus, réitéra son action.
Rien ne se passa.

La bourrasque sévissait sans relâche.

Le jeune homme entraîna sa dulcinée dans le seul léger recoin de la grotte.

Ils s'accroupirent pour donner moins de prise à l'aspiration.

La jeune comtesse ferma les yeux et se concentra. L'effort était tel que son front se mit à perler de sueur. Son corps était assailli de soubresauts.

Le visage de Josh affichait la surprise et l'inquiétude. Une aura bleue s'était créée autour de la belle. Le halo bleu épousait la silhouette de la magnifique déité. La lueur était si intense qu'elle se mit à refléter sur les parois rocailleuses.

La déesse agrippait son adonis.Celui-ci ressentait les frissons qui envahissaient le corps de l'immortelle.

Le vortex se faisait de plus en plus pressant. Tôt ou tard, il finirait par aspirer ses proies.

En un effort surhumain, Astrée poussa un cri perçant, la clarté bleue se mit à vibrer.
Nos deux amoureux disparurent.

Seule la silhouette lumineuse d'Astrée resta suspendue dans les airs.

Nos amis se rematérialisèrent à l'extérieur de l'antre.

Le paysage était bucolique, une grande prairie s'étendait en formant un large cercle.
Une rivière à l'eau limpide faisait résonner son chant à travers les collines.
Non loin, une vigne exhibait ses grappes bien mûres.

Mais cette image, aucun de nos héros ne purent l'apprécier.

Au moment où leurs corps prirent forme, nos deux braves s'effondrèrent sur le sol, sans connaissance.

Les oiseaux et le clapotis du cours d'eau fredonnaient l'hymne à la victoire de nos deux protagonistes.

L'adieu

Josh était allongé sur un lit de trèfles, lentement il reprenait conscience.

Il resta les yeux fermés écoutant les notes de musique de dame nature.

Une caresse puis une fraîcheur inondèrent son front.

Il ouvrit ses yeux et devant lui aperçut une image féérique.

Astrée se tenait à ses côtés accroupie. Elle portait une tunique blanche courte, ses formes généreuses se laissaient deviner.

Elle tenait dans ses mains un linge propre qu'elle trempait dans le ruisseau.

Elle allait à nouveau rafraîchir son amant quand elle s'aperçut de son réveil.

Josh la regarda sans bouger.

— Que tu es belle, mon amour ! Lui déclara-t-il.

La vénus, lui sourit, mais sans grande conviction.

Le jeune homme se releva légèrement restant en appui sur son coude gauche, sa main droite alla se poser délicatement sur la joue de la belle nymphe.

— Sans ton aide, jamais je n'aurais découvert le point faible du monstre. Comment as-tu deviné ?

La divine lui répondit d'une manière laconique.

— Quand tu as frappé près de son oreille, j'ai senti un sentiment d'inquiétude grandir chez Baal. Au second coup, il perdit ses moyens et dévoila l'espace d'une seconde le point faible de la bête. Cela me suffit.

Puis le vainqueur s'exprima d'un air accablé.

— Je suis désolé pour ton frère, ma chérie. Soupira-t-il. Je te sens triste.

La belle lui répondit.

— *C'est vrai je suis triste, triste pour le chemin qu'a suivi mon frère. Je n'ai jamais compris pourquoi il avait changé à ce point ?*
Dans mes souvenirs les plus reculés, à l'époque où il ne se faisait pas appeler Baal.
C'était un homme charmant, toujours prêt à aider son prochain.
C'est grâce à lui que nous avons survécu après le massacre de notre village.
Ce sont ces souvenirs qui me rendent triste. De tout cela, il ne reste rien.
Horsmis toi ! Qui a entendu parler de la confrérie de Philéas, de la pierre bleue ? Personne.
Il ne reste rien de tout cela, si une seule chose, ma souffrance.
Vous mortels ! Que de vilénie vous déchaînez dans ce monde. Pourquoi ?
Vous vivez à peine le temps d'une chandelle et cependant vous passez votre temps à vous mentir, vous haïr, vous trahir.

Vous convoitez des choses périssables.

Tout n'est que poussière et pourtant vous damnez votre âme pour cela.

Certains s'approprient des richesses sans se soucier de la souffrance imposée à Gaya, notre mère.

D'autres sont prêts à mutiler dans leur âme et dans leur chair leurs frères, leurs sœurs simplement pour quelques secondes de plaisirs physiques et éphémères.

Quand allez-vous grandir ? Quand allez-vous préférer la splendeur de l'univers à celle de votre nombril ?

J'ai vécu plus de mille ans parmi vous, je vous ai observé.

Nous sommes au vingt et unième siècle, la seule différence avec les temps antiques, c'est la modernité des armes utilisées dans les nouvelles guerres. Le temps c'est de l'argent, dites-vous et c'est certainement pour cela que les guerres d'aujourd'hui peuvent tuer des milliers de gens à la minute.

D'un côté de la planète, l'on déverse de la nourriture dans les décharges et de l'autre, des peuples entiers meurent de faim.

Aujourd'hui, mon frère est mort. En m'opposant à lui, je l'ai tué indirectement et pourquoi ?

En projetant l'humanité dans le chaos et la mort, il vous aurait fait gagner du temps dans votre destruction.

Le visage de la déesse était sombre. Ces yeux sortaient de leurs orbites et la princesse avait le teint livide.

Son regard fixait au loin.

Au rythme de ses paroles, ses mains s'agitaient.

Son héraut les lui saisit.

— Arrête, s'il te plait, arrête, ma chérie ! La supplia-t-il.
Ce n'est pas toi qui parles, ce n'est pas la princesse qui est venue à mon secours et m'a sorti des griffes des démons.

La comtesse baissa son regard en direction de son aimant.
Elle le contempla un instant avant de se blottir violemment contre lui.
Toute la douleur et la tristesse de la belle se déversèrent dans ses bras qui l'étreignirent jusqu'au bout de leurs forces.
Rien, ni personne n'auraient pu les séparer à ce moment.

Tous deux versèrent des larmes amères.

Josh se reprit.

— Oui mon amour ! Tes paroles sont vraies. Cependant, tu te laisses aveugler par ton chagrin. Le choix qui était le tien a permis à des inconnus de continuer à s'aimer à travers la planète. Pour ma part, je pense que les personnes de bonnes volontés sont beaucoup plus nombreuses que les individus malveillants.
Par contre, je te l'accorde, c'est par leur lâcheté que le mal triomphe.
Mais je garde espoir, ma chérie. Toi-même tu t'es levée contre l'injustice et tu as protégé des innocents dans leurs détresses. Si tu as pu le faire, un jour, ce sera un, deux, cent, mille qui s'élèveront contre la tyrannie et l'injustice. Il faudra encore beaucoup de temps avant que l'humanité grandisse.

Tu dis que tu as vécu plus de mille années, mais qu'est-ce ce temps comparé à l'univers. Quelques jours tout au plus. Cela signifie que l'Homme commence à peine à marcher. Laisse-lui le bénéfice du doute. Il est capable du pire, mais il est aussi prêt à accomplir des splendeurs.
Aujourd'hui, l'humanité est encore dans son berceau, un jour elle deviendra adulte et peut-être qu'en ces temps lointains tous les maux que tu as évoqués ne subsisteront plus.

Quand Josh mit fin à sa plaidoirie, la frimousse de la comtesse s'était radoucie.

Astrée contempla son visage et l'embrassa longuement et tendrement.
Puis les amants de Vérone s'enflammèrent.

Pris dans leurs étreintes, nos deux amoureux roulèrent dans l'herbe.
Le jeune Mc Land oublia sa douleur et Astrée oublia son amertume.

Après quelques instants, Josh laissa tomber son plastron, les jeunes amants se retrouvèrent dévêtus.

Le jeune héros fut subjugué par la beauté de son aimée.
Son teint bi, sa silhouette élancée, ses seins lourds, tout était une ode à la féminité incarnée.
Le vent s'éprit de ses cheveux soyeux et de temps à autre, jouait à cacher sa poitrine.
Le visage de la jeune femme rayonnait.
Josh ne vit plus qu'un beau paysage.

Les yeux d'Astrée étaient deux petits étangs bleus, sa bouche était une roseraie de fleurs rouges où apparaissaient des perles nacrées furtives.
Il voyait en son teint des champs de blé dorés entourant les frontières de sa beauté.

Tout son corps la mendiait.

Dans une harmonie parfaite, leurs corps ne fit plus qu'un.

Une vague de bonheur les parcourut, ils s'embrasèrent avant de retomber dans l'écrin de prairie émeraude.

Un merle voulut témoigner de cet amour en élevant son chant vers le dieu Ra.

Les corps luisants de transpiration, ils se séparèrent.
La belle Astrée invita Josh à la rejoindre dans le cours d'eau aux fraîcheurs exquises.

Il ne se fit pas prier.

Il se rapprocha de sa flamme et lui demanda :

— Et maintenant, mon amour, que va-t-il se passer ?

— *Pourquoi gâcher cet instant magnifique mon beau prince charmant ?*

— Je veux savoir ! Insista-t-il.

— *Bon très bien !* Fit-elle sur un ton empli de lassitude.

J'attendrai que Morphée te prenne dans ses bras, à ce moment-là, je ferai ce que mon Maître Philéas à accompli jadis. Je m'en irai vers l'au-delà en cessant d'exister.

Ne crois pas que cela ne me coûte. Mon âme est déchirée rien qu'à la perspective d'être loin de toi.

Mais je ne peux rester ?

Je ne sais que trop où cela me mènerait. Tu as vu toi-même ce que la perte de mon frère m'a inspiré, alors je n'ai pas la force d'affronter ta disparition, je préfère affronter ma mort.

Le guerrier ne pouvait la contredire. Il avait été témoin avec effroi de sa colère.

Il baissa la tête en bredouillant :

— Je comprends.

Puis…

L'élue de son cœur continua.

— *Nous ne sommes qu'à deux heures de marche du palais.*

Tu devras marcher à l'ouest. Tu arriveras sur un versant de colline d'où tu apercevras le palais.

Nous sommes dans mon jardin secret. Personne n'y vient. Ce n'est pas ces quelques raisins qui attiseraient les convoitises.

Allez chasses tes idées noires mon bel hidalgo. Nous sommes encore réunis, profitons du moment présent.

En finissant sa phrase, la Juliette des temps modernes envoya une giclée d'eau fraîche dans le visage triste de son amant. Puis elle se leva en courant et un rire résonna dans la vallée.

Josh se prit au jeu et la poursuivit.

Pendant un court instant, ils jouèrent à cache-cache dans les vignes.
On aurait pu croire deux gamins se taquinant.

La belle cueillit une grappe de raisin qu'elle tendit à son amoureux.
Il mordit à pleine dent et partagea le même fruit avec l'astre de sa vie.

Ils s'aimèrent toute la journée puis vint l'instant où la nuit frappa à la porte du jour.

Josh était allongé, sa tête sur l'épaule de sa bien-aimée, Il lutta, mais le sommeil eut raison de lui.

Astrée délicatement se dégagea, elle se leva et regarda une dernière fois son amour, leva les bras vers les étoiles, elle était prête à rejoindre ses frères.
Elle soupira, une larme coula le long de sa joue, un dernier regard vers Josh.
La Belle se concentra, le vent se leva, les étoiles brillèrent.
La poussière s'éleva.

Le matin suivant, les rayons du soleil réchauffèrent les froideurs de la nuit. Josh se réveilla, il posa son regard à l'endroit où sa bien-aimée s'était allongée. Il était seul.

Sa gorge se serra, il ne put avaler sa salive. Ses yeux s'embuèrent déformant le paysage à son regard.
Il recroquevilla ses genoux, mit sa tête dans le puits qu'ils formèrent. Son chagrin se déversa.

Son imagination le torturait en lui faisant sentir le parfum de son amour, sa présence.
Il ne bougea pas.

« Même le vent s'y met » se dit-il.

Il sentit une tendre caresse faire bouger sa chevelure.
Une feuille venait de caresser sa joue.

Il leva la tête et le soleil resplendissait de tout son éclat.
Le soleil de sa vie se tenait à ses côtés. Comment était-ce possible ?

Sa joie éclata, il prit sa belle par la taille, la souleva et hurla de joie.

— Tu es restée, mon amour, tu es restée !

Astrée riait.

— *Non mon amour, cela n'a pas réussi, rien ne fonctionne plus. Plus de télépathie, plus de téléportation, et regarde…*

La dernière déesse lui montra son avant-bras, une légère blessure faisait perler son sang.

— *Je suis redevenue mortelle mon amour, je suis redevenue mortelle.* Répéta-t-elle.

— Mais comment es-ce possible ? Cria-t-il de joie.

Les rirent fusèrent.

La passion les enflamma à nouveau.

Puis, après quelques heures, nos héros décidèrent de reprendre la route du palais, après s'être au préalable rhabillés.

— *Prof, Ingrid et Archmed doivent être morts d'inquiétude. Cela va faire deux jours que nous nous sommes absentés.*

Articula Astrée.

Josh était déconcerté par la gaieté de son amour.

— L'immortalité et tes dons ne vont-ils pas te manquer. Tu devras vivre comme le commun des mortels à présent. Tu ne regretteras pas ta jeunesse éternelle ?

D'un ton enthousiaste.

— *Oh non mon amour ! Cela faisait des siècles que je t'attendais. Qu'est-ce une immortalité sans amour ? Avec*

toi, j'affronterai la vie d'une mortelle. Puis, je pense que là-haut, Ashna, Briol, Luminur, Namar, Alanis, Phileas se réjouissent du cadeau que les dieux m'ont fait.
Quant à Iart, je souhaite de tout cœur qu'il retrouve un jour la paix dans l'éternité. »

Elle entraîna Josh par la main, contourna les vignes et ils arrivèrent à une petite cabane faite de grosses pierres et de branchage en guise de toit.

Ils passèrent devant sans s'arrêter et suivirent un petit chemin de terre en direction de l'ouest.

Le soleil était en leur compagnie.

Les deux jeunes gens marchèrent d'un pas joyeux vers un avenir plein de promesses.
L'idée de revoir leurs amis les confondait de joie.
Au détour d'une petite colline, le couple disparut.

Le vent avait repris sa harpe, et ses mélodies s'élevaient vers le ciel.
Les feuilles de vigne et les grappes de raisin mûres dansèrent. Le ruisseau, de son clapotis, les acclama.

Dans la grotte, le silence était réapparu ou presque.
Seule la petite source, de son chuchotement entrecoupait le calme de la pièce.

Il ne restait plus aucune trace du combat des dieux.

Le vortex noir avait disparu et la pénombre avait envahi les lieux.
Cependant, à l'endroit où se trouvaient nos héros, les contours de la silhouette d'Astrée subsistaient.

La bouche béante n'avait pu en faire son repas.
La brume bleutée flottait au travers de la caverne tout en se déplaçant insensiblement.

Lentement, le profil de la déesse commença à s'estomper. La vapeur se mit à se rassembler formant un nuage compact de petite taille.
Elle continua sa ballade en prenant la direction de l'ancienne entrée de la grotte.
Après avoir parcouru quelques dizaines de mètres, enfin, elle s'immobilisa.

Doucement, elle descendit au ras du sol, léchant de ses volutes les petites excroissances rocheuses.

Enlaçant la plus importante, elle mit fin à sa quête.

Les particules, couleurs saphir, pénétrèrent la roche pour disparaître complètement.

Après un temps non défini, la pierre changea d'apparence.

Tout d'abord, celle-ci prit un aspect vitreux de couleur noire.

Les reflets imparfaits et opaques étaient identiques à des diamants bruts que l'on ne peut trouver que dans les mines d'Afrique du Sud.
La métamorphose continua.

En son centre, une luminescence apparut. Tout au plus, cette dernière avait l'éclat d'une chandelle.
La lumière gagna l'ensemble de la roche puis imperceptiblement, la couleur changea.
En premier lieu, la lueur devint jaune, après quelques instants, elle s'orienta vers le rouge, donnant au couloir des reflets de lave en fusion.

Soudain ! Dans un silence de mort, un flash d'un blanc parfait illumina l'ensemble de la caverne.

Lentement, la densité lumineuse s'atténua tout en passant par toutes les couleurs de l'arc-en-ciel.

Après ce qui sembla une éternité, c'est la couleur bleue qui eut gain de cause.

Le piton rocheux arborait fièrement ses apparats d'azur.

Le reflet s'atténua pour finalement retrouver sa densité originelle. Seuls les reflets cobalts annonçaient la nature du changement.

La pierre étrange fit de la grotte son écrin.

Au-dehors, la nature et les hommes continuèrent leurs offices sans savoir que tapis dans l'ombre, un être minéral avait le pouvoir de les mener vers les étoiles, ou… vers les enfers.

FIN

ISBN - 9782953495591

Dépôt légal : 01/10/2009

Illustrations de J-Luc FERRER

Je remercie Mme Cathy NONY-BOURBON
pour nous avoir autorisés à utiliser en couverture une de ses œuvres.

ISBN - 9782953495591

Dépôt légal : 01/10/2009

Illustrations de J-Luc FERRER

www.ingramcontent.com/pod-product-compliance
Lightning Source LLC
Chambersburg PA
CBHW060953030726
47503CB00003B/848